KiWi 459

Über das Buch

»Ein Thema bei ETN ist, wenn ein europäischer und dazu noch reicher Familienvater, der aussieht wie Robert Redford, vor der Basiliuskathedrale als Geisel genommen wird. Eine Supergeschichte ist, wenn die Geiselnehmer erst dann erschossen werden, wenn die Kamera aufgebaut ist.«

Leonard Bach muß sich für den Privatsender European Television News in Moskau herumschlagen. Der Korrespondent braucht Quote, sein Sender will Sensationen. Seit er das ETN-Studio Moskau leitet, wurde leider kein einziger Westeuropäer auf dem Roten Platz gekidnappt, und erschossene Geiselnehmer sieht sein Kameramann immer nur von weitem.

Seine Mitarbeiterin Hella hilft ihm auf die Sprünge. »Du bist kein Lokalreporter, der penibel bei der Karnickelzüchterwahrheit bleiben muß, nur weil jeder im Städtchen deren Köttel kennt. Du bist Auslandskorrespondent. Mach was draus!«

Die blutjunge Praktikantin Jackie Tannenbaum hat schnell kapiert, wie der Hase läuft. Wenn die Story stimmt, braucht man es mit der Wahrheit nicht so genau zu nehmen: »Hauptsache, es fetzt!«

Ein vielversprechendes Talent!

Wie ein Geschenk des Himmels betritt genau in diesem Moment General Kabantschik die Szene. Der spielt sich als Mafiajäger auf und ködert Bach mit spektakulärem Bildmaterial über die Russen-Mafia. Leonard Bach ist auf dem besten Weg, Quotenkönig zu werden. Doch – wie immer im Leben – kommt es anders, als man denkt.

Die Autorin

Claudia Siebert, 1958 in Schachten bei Kassel geboren, hat Kommunikationswissenschaften in Göttingen und Mainz studiert, war Hörfunkredakteurin bei SWF 3 und Fernsehjournalistin beim ZDF; wurde dort für ihre Reportagen mehrfach mit Preisen ausgezeichnet. Die Autorin lebte von Anfang 1992 bis zum Sommer 1996 mit ihrer Familie in Moskau, seitdem in Brüssel.

Claudia Siebert

DER AUSLANDSKORRESPONDENT

Roman

Kiepenheuer & Witsch

1. Auflage 1997

Umschlaggestaltung: UNIKOM, Köln/Motiv Horst Klein
Gesetzt aus der Garamond Stempel (Berthold)
bei Kalle Giese Grafik, Overath
Druck und Bindearbeiten: Clausen & Bosse, Leck
ISBN 3-462-02660-7

Für Peter

I

IN DER BERLINER SENDEZENTRALE macht es die Runde: Leonard Bach sei mal wieder soweit. Der Korrespondent zittere und stottere auf dem Bildschirm, daß es eine Lust sei, zuzuschauen.

Wenn einer so gekrümmt am Boden liegt, treten Kollegen mit Vergnügen nach. Gleich nach den Mittagsnachrichten ruft Steffen Raider in Moskau an.

»Hallo Bach, altes Haus!«

»Steffen! Freut mich, dich zu hören.«

Das Gespräch beginnt freundlich, unverbindlich wie immer. Mit dem alten Bach kann man bedenkenlos über Tennis reden, mit Raider über dessen hochschwangere Frau. So was dauert, und beide wissen, wie verlogen es ist.

Eben legt sich Raider seine erste Unverschämtheit zurecht, da beginnt überraschend Bach: »Ihr habt letzte Woche wieder einen Beitrag von mir nicht gesendet. Was war denn?«

Für diese Reportage ist Bach nach Kasan geflogen, hat zwei Tage hart gearbeitet und dabei bitter gefroren. Aber Steffen Raider, Auslandsplaner bei European Television News (ETN), hat den Film nicht ins Programm gebracht.

Der junge Kollege kontert mit gespielt weinerlicher Stimme: »Oh Leonard, es tut mir so leid. Kasan war geplant, ist aber dann rausgeflogen. Der Chef meinte, wir hätten zuviel Ausland drin. Vielleicht könnt ihr's nochmal aufwärmen für später.«

Der Korrespondent antwortet verbittert: »Reportagen und Spinat mit Spiegeleier sind *aufgewärmt* eine Katastrophe.«

Raider beschwichtigend: »Leonard, vergiß es. Wir haben gerade sonst was um die Ohren, aber bestimmt nicht irgendeine Fleischfabrik am Ende der Welt. Null action, das muß ich dir doch nicht erzählen.«

Leonard Bach schluckt. Raiders Worte fressen sich durch seine

Magenwand. Leise schwört er sich: Dich mach ich als ersten kalt, du … nicht einen Fuß kriegst du mehr auf den Boden.

Irgendwann werde ich dein Chef, vergiß das nicht, du Pfeife. Und schon tut's wieder weh.

Abends muß Leonard Bach live ran. »Wir nehmen heute das Hotel *Ukraina* als Hintergrund«, sagt er zu seinem Kameramann. »Im Stehen, ohne Pult.« Der Tontechniker gibt ihm das Mikrofon in die Hand, der Kameramann dreht das Stativ höher und rät: »Laß den Trenchcoat an, wir geben 'n bißchen Wind bei.«

Über den Dächern von Moskau teilt sich European Television News mit anderen Fernsehsendern ein kleines Studio, das aussieht wie eine Halbkugel aus Glas. Auf der linken Seite ist im Hintergrund das Hotel *Ukraina*, ein Zuckerbäcker-Stalinhaus, zu sehen. Wenn der Korrespondent sich 45 Grad weiter nach rechts stellt, liefert ihm das Weiße Haus mit russischer Fahne die Kulisse. Wenn dann noch die Studiotür offen steht und so das Rauschen des Straßenlärms zu hören ist, wirkt das, als hätte der Korrespondent eben an der Tür zum russischen Kabinett gelauscht und sei gerade mit den letzten Neuigkeiten über die Novo-Arbatskij-Brücke vor die Kamera gerannt.

Die Regie in Deutschland hat Bach im Bild, aber die Tonleitung steht noch nicht. So können sich alle acht Mitarbeiter, die im schützenden Halbdämmer der Regie sitzen und auf die Sendung warten, ungeniert über ihn hermachen:

»Ist er wieder aufgefahren gen Himmel?« höhnt die Regie. »Sitzend zur Rechten der Kamera?«

»Weshalb schickt den keiner nach Tschetschenien?« fragt die Bildmischung. Die Kollegen grölen laut.

»Oder ins Kusbas. Ab in den Kohleschacht mit ihm«, lästert der Ton. »Siebzig Zentimeter hohe Stollen, hier und da bröckelt das Gestein. Genau das Richtige für diesen alten Bock.«

Der Techniker in Moskau hat jetzt die Rückleitung für den Ton und hört, wie die Kollegen aus Berlin über Bach lästern. Mit hämischem Vergnügen legt er das Gespräch der Kollegen auf Bachs Kopfhörer. Der hört so den letzten Satz der Redakteurin unfreiwillig mit: »Der Mann geht kaum raus. Hockt immer im Studio, aber spielt auf dem Sender den Reporter vor Ort.«

»Ich sitz in meiner ETN-Mupfel«, parodiert einer die Augsburger Puppenkiste, »und die Pfterne ziehn vorbei, und die Wolken ...« Wieder schreien alle vor Vergnügen.

Dann hört er die Stimme einer jungen Frau: »Woll'mer wetten, daß der sich verhaspelt? Setz ich zwanzig Mark drauf.«

»Zehn dagegen«, sagt ein anderer.

Das Kameraobjektiv fährt so nah an Bachs Gesicht, daß seine Nase den ganzen Bildschirm ausfüllt. Jede Pore, jede Falte und jedes Pickelchen wird abgetastet und scharfgestellt. Dann zoomt das Bild zurück. Bach tut, als arbeite er konzentriert an letzten Korrekturen und höre nichts.

Jemand ruft: »Achtung, Ton kommt.«

Die Regie spricht ihn an: »Guten Abend, Herr Bach. Hier ist Berlin. Können Sie mich hören?«

»Ausgezeichnet, danke.«

Bach blickt nun in die Kamera, so daß die Kollegen im Regieraum den Eindruck haben, als spreche er sie vom Bildschirm persönlich an. »Stellen Sie mich bitte runter ins Studio, ich möchte nochmal die Fragen abklären«, bittet er den Regisseur.

»Selbstverständlich, einen Moment«, antwortet der und fügt noch hinzu: »Ich lege Ihnen dann wie immer die laufende Sendung aufs Ohr, ja? Wir haben noch vier Minuten. Sie sind auf Position drei, nach den Pariser Geiseln.«

Bach versucht sich zu konzentrieren. Er hofft, daß der Moderator ihn im Vorgespräch beruhigen kann. Statt dessen wirft der alles um, will plötzlich die dritte Frage am Anfang und die zweite zum Schluß.

Als Bach endlich auf Sendung geht, schlägt ihm der Puls regelrecht Rhythmen auf die Stimmbänder. Er verspricht sich, diesmal gleich zu Beginn. Wildes Gejohle in der Regie. Geldscheine werden gezückt.

»Ruhe!« schreit der Regisseur. Dann spricht er den Moskau-Korrespondenten über die Koordinationsleitung an: »Danke, das war wieder ganz prima. Bis zum nächsten Mal.« Die Leitung wird gekappt, jetzt können alle ungeniert weiterlachen.

Bachs Augenlider werden schwer. Er zerknüllt seine Notizen und wirft sie in den Papierkorb. Dann zieht er eine Zigarette aus der Packung, steckt sie an und inhaliert erregt und erschöpft zugleich. Sieht dabei müde der Studiocrew beim Aufräumen zu. Der Ton packt das Mikro ein, die Kamera stellt das Stativ zurück. Die Technik löscht das Licht und geht zurück in ihre Kammer.

Korrespondenten halten das technische Personal oft für seelenlos und benennen Mitarbeiter gern nach dem Gerät, das sie bedienen. Aber sie leben! Der Techniker heißt Kristian und verdient sich was dazu. Für das Studio, das sich Bach mit den Japanern, den Amerikanern und den Franzosen teilt, zieht er die übliche Mitschnittkassette aus dem Rekorder, beschriftet sie und stellt sie im ETN-Archiv ab. Nebenher läßt er stets eine zweite Kassette mitlaufen. Sein Arbeitsplatz ist hinter einer Scheibe, abgedunkelt und versteckt; niemand im Studio ahnt davon. Diese zweite Kassette, auf der die gesamte Studioarbeit des Tages aufgezeichnet ist, steckt er in einen Umschlag und gibt ihn wie immer der fetten Blumenhändlerin an der Metrostation. Kristian bringt das im Monat tausend Dollar extra.

Oberst Barjuschin sieht sich seit Wochen diese Kassetten an. Neben der Sitzecke in seinem Büro hat er sich zwei professionelle Videorekorder aufbauen lassen, genau wie Fernsehstudios sie haben.

Er kennt den kleinen Japaner, die herbe Amerikanerin, den arroganten Franzosen und den zitternden Deutschen.

Barjuschin spricht die vier Sprachen fließend und akzentfrei. Er kennt ihre Sprichwörter, die Lieder, kann sogar Parodien entschlüsseln. Er war früher das Sprachgenie des sowjetischen KGB. Heute heißt das FSB. Fast ein und dasselbe, es bleibt der Geheimdienst, nur der Name ändert sich bisweilen.

Die Kassetten liefern auch das, was vor und nach den Live-Auftritten der Korrespondenten passiert. Das hält Barjuschin für aufschlußreicher als alles, was später in den Sendungen gezeigt wird.

Die Amerikanerin zum Beispiel setzt sich sturzbesoffen ins Studio. Aber kaum ist sie auf Sendung, funktioniert sie einwandfrei. Spult ab, was zu sagen ist: klar, exakt und kompetent. Ist sie abmoderiert und vom Sender, lallt sie: »Alls scheise, fefickter Laden das«, und stolpert raus.

»Erstaunlich«, bewundert sie Barjuschin. »Fast russisch, die Frau.«

Ein Bild hat er gestoppt; es zeigt das Gesicht von Leonard Bach, mitten in seinem Versprecher. Die Augen weit aufgerissen, voller Angst. Die dünnen Lippen aufeinandergepreßt. Schweiß steht auf seiner hohen Stirn, rinnt ihm zwischen den Augenbrauen unter dem Brillenbügel entlang, an den Nasenflügeln hinab und versikkert im grauen Schnäuzer. Die Brille ist etwas nach unten gerutscht, die Halsschlagader geschwollen. »Das könnte er werden«, freut sich der Oberst. »Abteilung K 2«, notiert Barjuschin, »Aufklärung ETN. Eilt.«

»Jeder Mensch regt sich auf, wenn er vor der Kamera steht«, tröstet Hella. »Du bist schon so viele Jahre im Geschäft; immer wieder haben deine Nerven gezappelt; das bißchen Adrenalin ist doch der kleine Kick.«

Er sitzt mit seiner Mitarbeiterin im Büro. Auf einen Absacker, wie Hella sagt.

»Ich bin konzentriert genug, hab auch keine Angst«, beteuert Bach.

»Vielleicht brauchste mal Urlaub?« Dabei weiß Hella ganz genau, daß Bach nichts mehr haßt als das.

»Dieses Stocken ist neu. Das ist kein Stottern. Das ist ...«

Bach fällt nichts mehr ein. Worüber sollte er noch berichten? Es war alles gesagt. Jede Geschichte hat er schon zehnmal nachgekaut:

Jelzin ist krank.

Jelzin ist gesund.

Jelzin säuft.

Jelzin säuft nicht.

Schirinowskij tobt.

Gaidar ist dagegen.

Russen sind arme Schweine und haben nix zu beißen.

Andere sind irrsinnig reich geworden in den letzten Jahren und brutal. Oder erst brutal und dann reich. Immer dieselbe Suppe. Es hängt ihm zum Hals raus. Alles ist gesagt, und keiner weiß Bescheid.

Hella gießt Bach Whisky nach. »Die Frage ist ja nicht, ob hier was passiert, was man berichten kann. Sondern, ob was passiert, das ETN senden will.«

Hella muß vorher schon was getrunken haben. Sie kippt den Whisky runter, als sei es Brause. »Wenn zehn Kaukasier an Methylalkohol verrecken, ist das eine kleine Meldung, wenn überhaupt. Aber wenn sich ein Schotte im Kaukasus verläuft, ist bei ETN der Teufel los.«

»Das war schon immer so«, sagt Bach. »An meinem ersten Tag als Journalist hatte ich keine Ahnung, worum es geht. Damals setzte mich die Spätschicht namens Rudi in den Input.

›Hör zu, Input issen Job für Blöde, das kriegst sogar du hin‹, ermutigte Rudi mich freundlich. ›Da sind die Ticker, da kommen die Nachrichten raus. Da mußte gucken, ob was passiert. Wenn's ganz dringend ist, piept's. Eine Fahne mußte abreißen und zu den Aktuellen hängen an den Nagel links.‹

›Wo sind denn hier Fahnen?‹ fragte ich.

›Mein Gott, Fahnen sind Papierrollen, auf denen die Nachrichten draufstehen. Wie biste überhaupt in den Sender gekommen, doof wie du bist?‹ fragte Rudi. Er hatte es eilig, weil er gleich mit der neuen Moderatorin Cosima Bänder abhören wollte: ›Eine zweite ganze Fahne zu der Reportage rechts, die andere abreißen, durchgucken und nach Ressorts verteilen: Kultur, Sport, Medizin und Soziales, Wirtschaft, Umwelt und so, das siehste eh selber. Wenn was passiert, sach Bescheid, haste kapiert?‹

Wenn was passiert, sach Bescheid.

Die ganze Zeit starrte ich auf die Scheißticker, takatakatakarr.

Schwitzte Blut, daß mir auch ja keine Meldung durch die Lappen ging.

Zehn Minuten ging alles prima, ich riß ab, las, verteilte und verwarf. Mußte mal pinkeln, dann hatte ich den Salat.

Die Meldung hing schon zwei Minuten im Ticker, ich sah sie erst jetzt: Sechs Tote in Uganda! Sechs! In Uganda!

Das konnte ich nicht allein verantworten, da mußte der Rudi ran. Ich rannte hin, die schöne Cosima kreuzte erschrocken die Arme vor der offenen Bluse. Praktikant Bach meldete den ugandischen Verlust.

›Du hast wohl'n Schuß? Was juckt mich Uganda?‹ schrie Rudi und zog seinen Hosenlatz zu.

›Tschuldigung, kommt nich wieder vor‹, stammelte ich. ›Sollte doch Bescheid sagen, wenn ...‹

›RAUS!‹

Uganda, sechs Tote, iss nich. Alles klar.

Weg war ich, wieder in meinem Stall. Fahnen links, Fahnen rechts, zerreißen und sortieren. Gelernt ist gelernt, was scherte mich um sieben rum die Meldung von einer kleinen Toten, die in San Francisco an Cholera gestorben ist.

Kurz vor acht war Rudi fertig mit dem Bänderabhören. Kam zurück in den Input. Meinte, Bach solle nun Feierabend machen, aber man könne ja zusammen noch Tagesschau gucken.

Die melden auch kein Wort zu Uganda. Dafür als erste Meldung des Tages: Amerika droht Katastrophe – Cholera in San Francisco!

›WAS? DU ARSCHGESICHT VON EINEM BEKLOPPTEN ANFÄNGER DUUUU ... WASS 'N DASN???‹

Rudi war grün im Gesicht.

›Aber ich dachte ...‹

›HAB ICH NICHT GESAGT, WENN WAS PASSIERT?‹

›Aber Uganda? Und da waren's sechs!‹

›UGANDA? WASS 'N UGANDA? NE TÜTENSUPPE VON MAGGI.‹

So lernte ich schon am ersten Tag meiner langen Karriere:

1. Uganda sechs Tote: egal.
2. Amerika ein Toter: melden!
3. Der Bundeskanzler am Wolfgangsee: Sondersendung.«

»Mach doch mal was anderes«, schlägt Hella vor. »Ich kenn ein paar deutsche Zivildienstleistende, die alte Stalinopfer in Moskau pflegen. Ist das nicht eine tolle Geschichte?«

Bach schüttelt den Kopf: »Eine gute Nachricht! Krieg ich keine dreißig Sekunden für. Außer, wenn der Zivi auf Russen allergisch reagiert oder das Stalinopfer von widerlichen Würmern befallen wäre. Sichtbaren Würmern! Dann könnt's was geben. Aber so? Ne!« Bach schenkt sich und Hella ungefragt einen weiteren Whisky ein. Beide sitzen in Bachs Büro. Es ist längst Nacht.

»Wie wär's hiermit?« Hella liest eine Meldung der russischen Nachrichtenagentur Interfax vor: »Ein sechsjähriges Mädchen aus Novosibirsk klagte über Ohrenschmerzen. Bis ihr Arzt entdeckte, daß in ihrem Ohr ein Baum wuchs. Ein Same war in das Ohr des Kindes geflogen und hatte gekeimt.«

Bach fängt an zu grinsen. So was würde Raider eine Woche lang trailern, so schön blöd ist das.

»Ich wollte letzte Woche einen Bericht machen über eine deutsche Firma, die hier Millionen scheffelt mit der Installation eines neuen Telefonsystems«, erinnert sich Bach. »Weißt du, was die Planung dazu sagt?«

»Abgelehnt«, antwortet Hella.

»Exakt. Wer will schon hören, daß ein Flugzeug gut gestartet und gelandet ist, wenn er eins kriegen kann, das abstürzt?«

Bach träumt: »Ich würde gern mal erklären, weshalb eine westliche Demokratie in Rußland so schwer umzusetzen ist. Aber keiner will es hören, die Zentrale gibt mir keine Sekunde Sendezeit dafür. Viel zu abstrakt, verstehe kein Mensch. Wir seien doch nicht bei ARTE, muß ich dann hören.

Ein Thema bei ETN ist, wenn ein europäischer und dazu noch reicher Familienvater, der aussieht wie Robert Redford, vor der Basiliuskathedrale als Geisel genommen wird.

Eine Supergeschichte ist, wenn die Geiselnehmer erst erschossen werden, wenn die Kamera aufgebaut ist. Dafür kriege ich sogar eine Minute und vierzig Sekunden in den Hauptnachrichten. Mit Aufsager!«

Seit Bach in Moskau ist, wurde kein einziger Europäer auf dem Roten Platz gekidnappt, und erschossene Geiselnehmer sieht sein Kameramann immer nur von weitem. Seine beste Moskauer Geschichte waren Jelzins Socken.

19. August 1991: Jelzin kam am Morgen direkt von seiner Datscha und hatte in der Eile seine Pantoffeln angelassen. Die Füße des russischen Präsidenten waren nackt, als der Putsch in Moskau begann.

Er stand vor dem Hintereingang des Weißen Hauses und sagte zu den umherstehenden Frauen: »Mütterchen, holt eurem Präsidenten was an die Füße. Wie sehe ich denn aus? So kann man doch nicht regieren.« Und ETN hatte das! Jelzin, die Füße, die gerührten Frauen, die dem Präsidenten Socken gaben. ETN hatte alles exclusiv! Die Frauen heulten sogar. Tränen in Großaufnahme. Es war himmlisch! Damals saßen die Kollegen in der Zentrale an den Monitoren und bissen sich in den Arsch vor Neid.

Bachs Stimmung war super. Sein Chef sagte: »Jetzt läuft's, Leo. Seit deinen Socken kennt uns jedes Kind. Du wirst mein Nachfolger.«

Aber schon ein paar Wochen später kam der Einbruch: Marktanteile fielen, die Konkurrenz jubelte. Wichtige Leute wurden abgeworben, das ganze Haus wackelte. Der Chef blieb, zunächst für drei Monate, dann noch mal drei. Bis heute hat sich daran nichts geändert.

Seitdem verschimmelt Bach in Moskau. Sitzt inmitten verdreckter Häuser, riesiger Bunker mit tausenden widerlichen Wohnungen, vollgestopft mit Menschen, die froh sind, in diesen Karnickelställen überhaupt einen Platz gefunden zu haben. Sein Büro liegt in der besten Lage einer Weltstadt. Im Westen würde alles glitzern, in Moskau aber sind die Haustüren aus verbogenem Blech, die Eingänge von verirrten Säufern vollgepißt. Müll in jeder Ecke.

Balkone, die zu Abstellplätzen verkommen. »Was für ein verdammtes Stück Erde«, denkt Bach. Moskau widert ihn an.

Hella denkt da ganz anders.

»Stell dir vor«, erzählt sie, »kommt heute ein Typ ins Büro, schimpft sich technischer Direktor von Was-weiß-ich und verlangt fünfzig Dollar für die Überprüfung der elektrischen Leitungen.«

»Aber hier hat doch gar keiner was geprüft«, stöhnt Bach, »so was würde unser Büro tagelang lahmlegen!«

Hella nickt. »Das ist dem auch klar. Deshalb kam er ja. Ich frag ihn, wann er schon einmal Leitungen bei uns geprüft habe. Weißt du, was er antwortet?« Hella grinst selig: »Soll ich? hat er gefragt!« Sie gluckst leise vor Vergnügen. »Soll ich? hat er gesagt. Was meinst du, wie schnell der die fünfzig Dollar von mir hatte!«

Bach versteht nicht: »Wo ist denn da der Witz?«

»Er hat eine Vorschrift gefunden, daß unsere Leitungen kontrolliert werden müssen. Kostet fünfzig Dollar und uns einen Haufen Unannehmlichkeiten. Das weiß er. Also bietet er an, die Leitungen *nicht* zu kontrollieren, auch für fünfzig Dollar. Verstehste? Haben wir beide was von.« Hella hält das für russische Lebensart. Bach weiß nicht, was an Erpressung lustig sein soll.

Sie trägt Leo seit Jahren auf Händen, hebt ihn über Hindernisse, aber er merkt es nicht mal. »Viele Leute wären froh, Sie hätten so viel Erfolg wie du.«

Bach schweigt.

»Hast du schon mal Rotkäppchen gesehen? Hier in Moskau, im musikalischen Kindertheater?«

Rotkäppchen! Bach hat vergessen, daß es so was überhaupt gibt.

Hella versucht es weiter: »Da spielt ein Sopran das Rotkäppchen, und ein gestandener Baß mimt den Wolf. Unten im Orchestergraben spielt ein richtiges Symphonieorchester – für Kinder aus der ersten Klasse. Fünfunddreißig begabte Musiker! Versteckt im Dunkeln. Da spielen und singen noch mal zwanzig Künstler auf der Bühne für ein Publikum, das nicht weiß, wie man Synkopen hinkriegt. Die noch nicht mal richtig klatschen können und während der Vorstellung Butterbrote essen und sich am Popo kratzen, während man sich müht.

Was hoffen diese Künstler, der Welt zu hinterlassen? *Die* hätten wahrhaftig guten Grund zu jammern, aber du doch nicht!«

»Russisches Rotkäppchen!« Bach faßt sich an den Kopf. Immerhin eine Reaktion, freut sich Hella und macht weiter: »Es geht den Weg entlang zur Großmutter. An diesem kurzen Stück im Wald tanzen sechs Margariten. Zwei gelb, zwei weiß und zwei hellblau. Sechs. Die Margaritentruppe führt eine alte dürre Grazie an, die mühsam fünf Eleven nachzieht. Sicher hat diese Frau davon geträumt, ein Star zu sein. Womöglich war sie vor Jahren gar berühmt, wer weiß. Was denkt sie heute? Welche Zweifel, welches berufliche Glück hat sie? Stell dir vor, du bist eine Margarite am Weg eines russischen Rotkäppchens. Stell dir das bloß mal vor! Dann hörst sogar du endlich auf zu jammern.«

Hella McFinn ist keine Schottin. Das weiß Leonard ganz sicher. Sonst ist ihm wenig von ihr bekannt; sie war schon im ETN-Studio Moskau, als er hinkam. Sie lebt für ihren Beruf; einen Mann hat er nicht gesehen in ihrer Nähe. Ob sie Kinder hat, weiß er auch nicht. Sie ist sicher über vierzig, hat graue schulterlange Haare, eine für ihr Alter ungewöhnlich schlank trainierte Figur, tiefe Falten im Gesicht und ist verrückt danach, Federn im Haar zu tragen. Mal sagt sie, sie heiße in Wirklichkeit Hella Nissen und sei als viertes Kind auf einem Vierkanthof in Nordfriesland geboren. Sie hasse ihre Heimat. Halte ihre Herkunft für einen logistischen Fehler der Reinkarnationsabteilung. Der Hof habe acht von zwölf Monaten unter Wasser gestanden, Jahr für Jahr. Sie habe Senk-, Spreiz- und Plattfüße in den Gummistiefeln bekommen, die jeweils zwei Nummern zu groß waren, weil vom Bruder Nummer drei geerbt. Sie sei allergisch gegen frische Luft und Krabben.

Fragt man sie dagegen nach der runden tiefen Narbe in der Mitte ihrer Stirn, berichtet sie, oft unter Tränen, von ihrer riskanten Flucht aus Pakistan, und wie sie sich das heilige Mal eigenhändig herausgeschnitten habe, um ihre Identität zu verbergen.

»Hella, du bist weiß wie eine Kalkwand«, mahnt Bach. »Nie und nimmer stammst du aus Pakistan.«

»Ich bin Albino-Pakistani«, grinst Hella dann. »Sozusagen der Heino des fernen Ostens.«

Ein anderes Mal behauptet sie, noch immer mit dem türkischen Bauunternehmer verheiratet zu sein, dessen Firma das Weiße Haus in Moskau in Rekordgeschwindigkeit renoviert hat, nachdem es der Präsident in Brand schießen ließ. Nun hat Hellas vermeintlicher Gatte den 284-Millionen-Dollar-Zuschlag für den Aufbau Grosnys erhalten.

Sie sei ihm auf einer Geschäftsreise nach Moskau entwischt und bei ETN als Hella McFinn untergetaucht. Wehe, er finde sie eines Tages wieder: »Du weißt ja, wie die Türken sind.«

»Nein«, sagt Bach. »Ich weiß nicht, wie sie sind. Wie sind sie denn, die Türken?«

»Oh-oh!« sagt dann Hella darauf. »Weißt du, was er mit deinem Ding macht, wenn ich ihm sage, du wärst doch nur mein Chef?«

»Hella!« schimpft dann Bach.

»Das mit den Themen ist schon eher relativ.«

»Relativ«, wiederholt Bach. Er ist müde und besoffen. Sinkt tiefer in sein Bürosofa und fragt sich, wo die Wolldecke ist, unter der er oft ein Schläfchen hält.

Wenn Hella säuft, wird sie hellwach und redet gern; das gehört für sie zusammen: »Ich vergesse nie den alten Mann vor dem Weißen Haus. Damals, im Herbst '93, weißt du, als Jelzin das Parlament aufgelöst und beschossen hat. Dazwischen gab es vielleicht zehn Tage, ich weiß nicht mehr so genau, in denen fast nichts geschah. Außer ein paar Demonstrationen. Alle warteten auf den großen Knall. Der ja dann auch tatsächlich kam.«

Bach findet die Decke; er hatte auf ihr gesessen. Er legt sie über seine Beine, und endlich wird ihm wohler.

»Hunderte von Journalisten trieben sich in Moskau rum«, erzählt Hella. Als wüßte er das nicht.

»Die Amerikaner allein haben hundert Leute einfliegen lassen, sogar einen Koch. Und das Essen. *Und* amerikanische Cola. Es war irre. Aber – es passierte nichts. Zehn Tage lang lungerte die gesamte Journaille der Welt bei uns rum. Es kostete Millionen, aber nichts war zu sehen! Da war nur dieser einsame alte Mann. Vielleicht Kommunist. Auf alle Fälle trug er seine rote Fahne rum, bis er fror. Also machte er sich ein Feuerchen, um sich zu wärmen. Der Alte steckte seine Fahne hinter sich in einen Steinhaufen, den andere Demonstranten am Tag zuvor zusammengetragen hatten. Ich war damals dort; wollte gucken, ob sich was tut am Weißen Haus. Da hab ich ihn gesehen, den alten Mann, die rote Fahne, das Feuerchen. Das alles Luftlinie fünfhundert Meter vor dem Weißen Haus in Moskau. Im September 1993.«

»Haste schon mal gesagt!« unterbricht sie Bach. »Du tust immer so, als arbeite ich nicht hier!«

»Jaja«, meint Hella. »Fünf Kamerateams haben den Alten gleichzeitig aufs Korn genommen. Fünf! Umringten den Alten und drehten, wie er sich aufwärmte. Am Abend sehe ich das im Fernsehen. Das Feuer, die Fahne – alles sieht viel größer aus. Und die Schlagzeile lautete: Brennende Barrikaden vor dem Weißen Haus! Ich schwör dir, er war der Einzige weit und breit. Und dann brennende Barrikaden! Daß ich nicht lache.«

»Was willst du denn, Hella? Du kennst doch unser Geschäft«, sagt Bach.

»Die Wirklichkeit ist euch glatt egal. Hauptsache, ihr habt ein gutes Bild. Ihr seid ja geradezu süchtig danach.«

Bach richtet sich auf: »Wir berichten das, was geschieht.«

»Nein«, antwortet Hella. »Ihr sendet, was ein elektronisches Auge sehen kann. Möglichst nah ran, bunt, und zappeln muß es auch.«

Bach regt sich fast auf: »Hella, Fakt eins: Der Mann saß vor dem Weißen Haus. Fakt zwei: Er hatte tatsächlich eine rote Fahne. Er war Kommunist und Demonstrant. Und zum Schluß: *Er* hat das Feuer gemacht, nicht die Kameraleute. Das ist Fakt drei. Punkt.«

Hella schüttelt den Kopf und meint wütend und heftig:

»Wie redest du denn plötzlich? Fakt eins, Fakt zwei, was soll denn das? Es war ein alter Mann, ich hab ihn selbst gesehen. Er hat gefroren. Von wegen brennende Barrikaden!«

Bach versöhnlicher: »War halt ein schönes Bild. Hätte ich auch genommen.«

Hella lächelt wieder: »Mehr sag ich ja nicht. Alles ist relativ. Mach schöne Bilder. Oder kauf sie dir. Und mach dann deine Geschichten drauf. Wie so manch anderer auch.«

Bach schüttelt den Kopf: »Du würdest dir die Bilder nehmen und den Rest aus den Fingern saugen, ja? Weißt du, wie man das nennt?«

»Türken«, antwortet Hella.

»Womit wir nichts gegen deinen Bauunternehmer sagen wollen.« Die beiden lachen. Bach steht auf, wankt in den Schneideraum und winkt Hella hinter sich her. »Komm mit!«

Dann schiebt er eine Videokassette in den Player, läßt sie bis zu einer bestimmten Stelle vorspulen und startet das Band.

Bach und Hella sehen eine junge Frau in Uniform. Russisches Militär. Sie sitzt auf einer Bank im winterlichen Wald. Auf ihrem Schoß ein kleiner Junge, etwa drei Jahre alt. Sie legt ihren Kopf an die Stirn des Jungen. Beide schauen traurig nach unten.

»Mach mal«, sagt Bach. »Hier ist das Bild. Wo ist deine Geschichte?«

Hella antwortet: »Das ist Vika Reschetilowa. Sie ist erst zweiundzwanzig Jahre alt und schon Witwe. Ihr Mann Sascha fiel in Tschetschenien. Die russische Armee hat daraufhin Vika eingestellt, um Frau und Kind versorgt zu wissen.«

Bach stoppt die Kassette und starrt Hella an. Sagt keinen Ton. Hella lächelt: »Das ist nicht gelogen. Im Prinzip ist es wahr. Die russische Armee macht so was wirklich. Und hier ist das Bild, das dazu paßt.« Bach sagt immer noch nichts.

»Mensch Bach, du bist kein Lokalreporter, der penibel bei der Karnickelzüchterwahrheit bleiben muß, weil jeder im Städtchen deren Köttel kennt. Du bist Auslandskorrespondent. Mach was draus!«

Hella geht aus dem Schneideraum. In der Tür dreht sie sich noch kurz um: »Kleb noch einen schönen toten Soldaten dran, und die Geschichte ist gebacken.«

»Das ist doch endlich mal was!« Befriedigt schaut der Chefredakteur in Berlin in die Konferenzrunde.

»Oder? Meinungen dazu.«

Glocke meldet sich: »Ja genau, das war doch endlich mal was.«

Glocke wiederholt immer, was der Chef in der Konferenz sagt. Glocke ist *His master's voice*. Der Chef kann ihn auch andersrum benutzen, ohne daß der doofe Glocke das checkt. Der Chef fragt zum Beispiel: »War das Mist?«

Glocke hört's und labert nach: »Ja, das war Mist.«

Da blafft ihn sein Chef an: »Sehen Sie genau hin, Sie Idiot. Das war natürlich kein Mist. Das war erste Sahne!«

Darauf Glocke ohne den geringsten Skrupel: »Erste Sahne war das, genau!«

Dann kommt Raider: »Immer wieder hab ich's ihm eingebleut. Bach, hab ich gebeten und gebettelt: Mach was Menschelndes. Was Persönliches. Bring eine Identifikationsfigur. Die russische Witwe hier ist klasse! So sagenhaft traurig. So gemein allein. Genau das hab ich immer gesagt.«

»Geben Sie's an ihn weiter«, sagt der Chef. »Die Konferenz habe sein Witwenstück positiv beachtet. Wir wünschen mehr davon.«

Daraufhin dreht Bach in einem Haus für alkoholkranke Frauen. Die Konferenz zeigt sich beglückt über die Szene, als eine Halbnackte mit wirren Haaren auf den Boden kotzt.

Als nächstes porträtiert er die Suppenküche der Moskauer Protestantischen Kirche. Die Konferenz lehnt den Beitrag ab. Die Armen hätten ja noch regelrecht fett ausgesehen. Und in Rußland gibt's nur Orthodoxe, jedenfalls im Programm von ETN.

Als er aber das Mädchen zeigt, das im St. Petersburger Hinterhof auf einer Mülltonne von drei Freiern genommen wird, ist die Konferenz wieder versöhnt. Auch die russischen Nazis kommen super rüber. Die spielen zwar in der politischen Wirklichkeit Rußlands kaum eine Rolle, und er mußte schon sehr nachhelfen, damit die paar Hanseln, die er aufgetan hatte, auch recht grimmig in die Kamera guckten. Dafür wird der Beitrag an erster Stelle im Magazin gesendet. Aufmacher Moskau! Der Erfolg gibt ihm recht.

Bach will sich gerade hinlegen, da ruft ihn der Sender an. Es ist zwei Uhr nachts. Also kein Grund, dem Korrespondenten einen Vorwurf zu machen, wenn er einen gesoffen hat.

Es habe einen Wahnsinns-Flugzeugabsturz gegeben, irgendwo in Sibirien. Er müsse jetzt und gleich berichten, am Telefon live und im Gespräch mit dem Moderator.

Bach entschuldigt sich, aber das sei nun gerade überhaupt nicht möglich, er habe ein bißchen getrunken, und das müsse ja mal drin sein, bei ihm sei es mitten in der Nacht.

Aber ETN drängelt: das würde schon gehen, und er brauche ja nur mal kurz die Agenturmeldungen lesen. Bach erwidert, er sei doch zu Hause in seiner Wohnung. Die Agenturen seien im Büro. Er könne da jetzt unmöglich hinfahren. Läßt sich aber doch breitschlagen, weil der Moderator verspricht, die meisten Fakten selbst zu liefern. So gehen die beiden Journalisten also mitten in der Nacht live auf Sendung; der Moderator im Bild, Bach besoffen in Unterhosen, aber unsichtbar, da am Telefon.

Moderator ETN: Leonard Bach, unser Mann in Rußland, ein schreckliches Flugzeugunglück im Osten Rußlands, in der Nähe von Magadan. Viele hundert Tote, zerfetzte Leichenteile im Eis. Bergung schier unmöglich. Wie ist die Situation vor Ort?

Bach in Moskau: Furschbar. Einfach furschbar.

Moderator ETN: Die Agenturen melden, die Tupolev 86 von Aeroflott sei schon über dreißig Jahre alt. Wissen Sie Näheres?

Bach in Moskau: S' furschbare Schlamberei.

Moderator ETN: Viele Angehörige haben versucht, beim Flughafen in Magadan anzurufen. Niemand spricht mit ihnen, keiner gibt Antwort. Wie fühlen sich diese Menschen im Augenblick?

Bach in Moskau: Furschbar. Einfach furschbar.

Moderator ETN: Leonard Bach, wir danken Ihnen für diese ersten Eindrücke vom Unglücksort.

Das war live aus Rußland ... Endlich darf Bach schlafen gehen.

Magadan liegt viele tausend Kilometer entfernt von Moskau. Bach war noch nie da – geschweige denn in dieser Nacht. Am Morgen danach erinnert er sich nicht mal mehr, daß er auf Sendung war. Die Konferenz dagegen lobt ausdrücklich diesen erstaunlichen Bericht ihres Rußland-Korrespondenten. Die persönliche Betroffenheit des Kollegen vor Ort sei wunderbar rübergekommen.

2

Sunny Bay Hotel, Zypern. Im Schatten eines blühenden Hibiskusbaumes sitzt ein steinalter Mann und zieht sich aus. Die Hose seines Sommeranzugs und seine Unterhose hat er schon bis zu den Schenkeln runtergezogen. Er quält sich auf einem dieser weißen Plastikstühle ab, die auf der ganzen Welt unter Bäumen und Palmen herumstehen.

Im selben Schatten wie der Alte sitzt der russische General Kabantschik – natürlich in Zivil und in legerer Sommerkleidung. Allerdings auf der anderen Seite, an einem Tisch vor der Strandbar. Von hier aus kann er alles unbemerkt beobachten.

Mühsam lehnt sich der Greis nach hinten, hebt seinen Hintern an, zieht Hose und Unterhose bis zu den Knien, läßt sich wieder in den Stuhl fallen und schnauft schwer. Hebt dann ein Knie, streift die Hose darüber, hebt das andere Knie, und so fort. Ganz langsam geht das. Und für das Anziehen der Badehose braucht er nochmal soviel Zeit. Danach sinkt er völlig erschöpft in den Stuhl.

Jetzt kommt auch seine uralte, elegante Frau, mit ganz kleinen Tippelschrittchen. Sie trägt einen langen weißen Bademantel, etwas durchsichtig. Darunter schimmert Wäsche. Ihr Gesicht ist erstaunlich glatt, sie hat Schlitzaugen wie eine Japanerin. Die langen, dunkel gefärbten Haare sind hochgesteckt. Sie sieht aus wie eine 80jährige Madame Butterfly, geliftet bis hinter die Ohren und voller Grazie. Einzig ihr Hörgerät deutet auf Verfall hin. Die alte Dame entkleidet sich ungenierter als ihr Mann.

»Wie kann man nur so alt sein?« fragt sich der Russe. »So alt werden wir erst gar nicht. Unsereins ist schon zwanzig Jahre vorher fertig mit der Welt. Der Kerl sitzt auf seine alten Tage im Winter unter roten Blüten. Unsere Alten lungern auf der Straße herum und verkaufen ihren Hausrat gegen ein paar lumpige Rubel. Im Westen fressen sie die besten Sachen und werden unsterblich dabei.«

Oleg Maximowitsch Kabantschik selbst kann sich nicht beklagen, er ist Gast des Hotels; zahlt keine Kopeke.

Seiner alten Mutter daheim in Moskau geht es prächtig, seine beiden Töchter haben eine Privatschule absolviert, und er selbst läßt sich von seinem Fahrer mit einem Mercedes Diesel durch die Stadt kutschieren. Dennoch, wo immer jemand dazu Anlaß gibt, wird Kabantschik neidisch. Er neidet auf russisch. Der Neid der Kapitalisten heißt: *Was Du hast, will ich auch haben.* Der alte sozialistische Neid, der auch Kabantschik noch in den Knochen steckt, lautet: *Was wir nicht haben, sollt ihr auch nicht haben.*

Zypern hat sich in den letzten Jahren verändert. Die Insel hat früh verstanden, den Wandel im Osten Europas zu nutzen. Neue russische Firmen haben hier ihren Sitz. Zahlen wenig Steuern und werden von den Behörden nicht belästigt.

Russische Staatsbürger können ihr Visum nach ihrer Ankunft problemlos am Flughafen beantragen und gleich mitnehmen. Auf Zypern sind sie willkommen. Je reicher, desto besser.

Kabantschik ist schon über fünfzig Jahre; zu alt, um hier eigene Geschäfte abzuwickeln. Seine Cleverness gedieh am Plan, rankte sich an Parteibeschlüssen vorbei und reifte im Fach Bestechung, Erpressung und Beziehungen. Als es mit dem neuen russischen Kapitalismus losging, erwarb er sich dennoch auf alte Manier den nötigen Komfort auf Zypern.

Nach Auflösung des Warschauer Paktes schien ein Teil der Militärgüter aus Ostdeutschland, Polen und der Tschechoslowakei, nicht wie in den Verträgen vereinbart, hinter den Ural gebracht, sondern über Zwischenhändler nach Serbien und in den Irak verkauft worden zu sein. Die Einnahmen aus diesen Geschäften lagen auf der Insel fest; Millionensummen, die nicht nach Rußland gebracht werden konnten, ohne daß sich die Händler oder deren Mittelsmänner verdächtig gemacht hätten.

Kabantschik kannte eine Handvoll Russen auf Zypern, die ihre Finger da mit im Spiel hatten. Alles Ex-Militärs, die er vor Jahren selbst ausgebildet hatte.

Die Millionäre hatten ihr Schwarzgeld in den Tourismus gesteckt und waren, das wußte Kabantschik, mit zwanzig Prozent an der Sunny Bay Hotelkette beteiligt.

Sein Schweigen über diese Vorgänge belohnten die Ex-Genossen, indem sie den zyprischen Hoteleigner baten, dem russischen General das Leben so angenehm wie nur möglich zu machen. Bis auf weiteres.

Seitdem bewohnt der General, wann immer er sich entspannen möchte, die Luxussuite 95 im Sunny Bay mit zwei großen Zimmern, Marmorbad und Meeresblick; Spesen inklusive. Jeden Morgen läßt er sich hier seinen fetten Körper massieren, jeden Nachmittag Mädchen bringen und jeden Abend volllaufen.

Dennoch hat Kabantschik vor, eine andere Unterkunft zu suchen. Anfang der Neunziger hatte man noch seine Ruhe, aber gestern hat sich schon wieder eine Reisegruppe neureicher Russen hier einquartiert. Die Landsleute stolpern laut durch die Räume, reißen Wasserhähne aus den Wänden, weil sie nicht wissen, wie man bei den modernen Dingern das Wasser reguliert. Trinken in der Sauna Bier und betatschen alles, was ausliegt, wie Kinder. Staunen beim Frühstück laut: »Großer Gott, wieviel Brotsorten hier liegen! Nataschinka, komm und schau dir die vielen Brote an!« Und nehmen die einzige Flasche Sekt, die für alle im Eis kühlt, mit an den eigenen Tisch.

Sie trinken die Minibar im Zimmer leer, weil sie annehmen, dies sei ein kleiner Kühlschrank und eine Einladung des Hotels.

Denn ein Russe weiß sich zu benehmen. Nie würde er seinen Gastgeber beleidigen und ein Fläschchen übriglassen. Er säuft – zugegeben mühsam – jeden Tag die Bar leer, am Ende seines Urlaubs trifft ihn dann fast der Schlag, wenn ihm die Rechnung präsentiert wird.

Kein Westeuropäer versteht die Art, wie ein Russe trinkt. Sie machen am Morgen und vor wichtigen Terminen eine Flasche auf und bieten ihm ein Gläschen an. Der arme Russe denkt: Wie interessant, diese Leute saufen schon am Morgen! Und trinkt aus

Anstand das Glas leer. Eine halbleere Flasche aber bringt nach russischem Verständnis Unglück!

Der Westeuropäer schenkt nach. Der Russe trinkt aus. Der Gastgeber schenkt wieder nach und fragt sich leise, wie ein Russe so viel saufen kann, dazu noch vor einem wichtigen Termin?!

Der Russe fragt sich, wie man im Ausland schon morgens saufen kann, ohne wenigstens was Vernünftiges dazu zu essen!?

Durch dieses Mißverständnis werden russische Schriftsteller vor einer Lesung im Pariser Rathaus mundtot gemacht. Ein ganzes Streichorchester aus St. Petersburg in London zum Teufel geschickt. Und Jelzin persönlich vor laufender Kamera zum Lallen gebracht.

Kabantschik schämt sich seiner Landsleute nicht. Aber er fühlt sich nicht mehr exklusiv genug behandelt. Das muß sich ändern.

Oberst Barjuschin hat den Weg von Moskau nach Zypern gemacht, um mit Kabantschik ungestört über dessen Zukunft zu reden. Er kommt den Weg hinter dem Swimmingpool entlang; im Anzug mit Schlips, unter seinem Arm ein ganzer Stoß Akten.

»Guten Morgen«, begrüßt er den General und verbeugt sich. Setzt sich an den Tisch, legt seine Unterlagen auf dem Schoß ab und grüßt noch mal: »Guten Morgen, Oleg Maximowitsch. Ich hoffe, Sie haben gut geruht.«

Kabantschik schüttelt den Kopf: »Serjoscha, du bist bekloppt! Wenn man dich so sieht, könnte man meinen, du bist gar kein Russe.«

Der General hält einen Drink in der einen Hand, mit der anderen zeigt er auf Barjuschins unrussische Stellen: »Den Anzug hast du aus Italien, die kurzen Haare aus Amerika. Dein Körper gleicht einem Inder im Hungerstreik, den Bart hast du einem Griechen geklaut, und die Akten schleppst du wie ein Deutscher.«

Der General hat Spaß an seinen eigenen Vergleichen. Er lacht und trinkt; verschluckt sich und hustet. Sein fetter Bauch schwappt auf und ab. »*Dichter* hätte ich werden sollen.«

Dann winkt er die Bedienung zu sich und bestellt sich den zweiten Gin-Tonic an diesem Vormittag.

»Trinkste einen mit?«

Barjuschin darf jetzt nicht ablehnen, sonst beleidigt er den General. Aber er trinkt nie Alkohol; jeder weiß es, keiner kann es glauben. Es gibt für Russen nur eine einzige Möglichkeit, den Drink abzulehnen: »Sie wissen, mein Magen.«

»Dann nimm wenigstens Gemüsebrühe. Wie sieht das denn aus, wenn ich hier alleine trinke?« Barjuschin bekommt einen Tomatensaft verordnet.

»Was für eine Hitze«, keucht der General schwitzend und wischt sich Stirn und Glatze mit einem Taschentuch trocken. »Also, wie gehen wir vor?«

Oberst Barjuschin ist Verbindungsoffizier des FSB in der Militärakademie, in der Kabantschik Offiziere ausbildet. Barjuschin soll dort die fähigsten Leute für den Geheimdienst sichern und verpflichten.

Viele im FSB murren über den vom Präsidenten inthronisierten neuen Geheimdienstchef. Vor Monaten schon hatte Kabantschik davon gehört. Barjuschin hat ihm verraten, der Neue halte sich nicht mehr lange. Seitdem rechnet sich Kabantschik neben so einem Nichts Chancen auf die Position aus.

Und in schweren Zeiten wie diesen sollte die Armee in Fragen der inneren Sicherheit wieder ein Wörtchen mitreden. Die Zeiten der Zurückhaltung sind vorbei. Sagt auch Barjuschin. Und öffnet einen seiner Ordner.

»Gospodin General, Sie brauchen ein Image«, sagt er und lächelt vorsichtig. Die Anrede *Gospodin* heißt Herr und kommt früheren Genossen noch immer schwer über die Lippen. Und das Wort *Image* gibt es auch erst, seit in Rußland alles anders ist.

Dem General gefällt Barjuschins Satz. »So so, ein Image für Gospodin Kabantschik. Unter welcher Ladentheke wird das denn verschoben?«

Barjuschin doziert: »Ihre Verdienste um unser Vaterland und Ihr persönlicher Ruf als Dozent in der Militärakademie sind ehrenhaft, bilden in unserer Kampagne die Grundlage. Was wir aber aufbauen müssen, ist das Bild, das wir von Ihnen in die Öffentlichkeit tragen.«

»Du meinst, ich werde von euch zu einer Handpuppe degradiert, mit zwei Sternen an der Schulterklappe?«

»Nein, Genosse General. Sie halten die Fäden in der Hand. Wir nähen sozusagen nur was zusammen für die öffentliche Meinung. Meinetwegen mit zwei Sternen dran. Macht sich doch wunderbar, oder nicht?«

»Weiter«, befiehlt Kabantschik. Wenn er jetzt noch was werden kann, dann mit Barjuschins Hilfe. Der kennt den Geheimdienstapparat seit Jahrzehnten. Wenn Kabantschik aufsteigt, steigt Barjuschin hinterher.

Die russische Armee hat Hunderte von Zwei-Sterne-Generälen. Die Mannschaften aber sind nur noch halb so groß wie sie sein sollten. Eine Karriere kann Kabantschik dort nicht mehr erwarten. Aber beim FSB haben Quereinsteiger mit seiner Vergangenheit noch eine Chance.

»Auf unserer Habenseite sind, wie gesagt, Ihre bisherigen Leistungen«, wiederholt Barjuschin. »Die Soldaten sehen mit eigenen Augen, wie Vorgesetzte Waffen an Mafiabanden und Terroristen verhökern und sich Dollarkonten im Ausland anlegen. Der Kabantschik wagt es, das laut anzusprechen. Ihre Schüler glauben, Sie bringen sich damit in Lebensgefahr. Besonders wegen dieser Tapferkeit werden Sie von Ihren Offiziersanwärtern bewundert.«

Der General hört das gern.

»Das ist bereits ein Image. Und ein gutes dazu! Mein Plan ist: wir machen so weiter. Sie bleiben aufrecht und tapfer, nur stellen wir das alles auf eine höhere Ebene.«

»Und wie soll das gehen, wenn ich mal fragen darf?« Kabantschik ist ganz gespannt.

Barjuschin verschmitzt und leise: »Wir werden verbreiten, Sie könnten die russische Mafia zur Strecke bringen.«

Kabantschik lacht so laut auf, daß die alte Madame hinter dem Hibiskus zusammenzuckt: »Wieso sollte denn gerade *ich* die

Mafia zur Strecke bringen können? Ausgerechnet!« General Kabantschik schüttelt den Kopf.

Barjuschin zuckt mit den Schultern: »Sie sind ein ranghoher General. Die Armee schützt das russische Volk. Bringen Sie sich als erfolgreicher Mafiajäger ins Gespräch. Sind nicht die jungen Offiziere so etwas wie Ihre Spezialeinheit? Hunderte von jungen Kerlen, sehr gut ausgebildet und motiviert? Stehen doch hinter Ihnen wie ein Mann.«

»Diese Jungchen können doch keiner Mafiabande die Stirn bieten.«

»Na und? Sollten sie das? Bloß nicht! Genosse General, Sie sollen mit denen prahlen, aber nicht kämpfen. Der wunderbarste Ort, heutzutage mehr zu scheinen als zu meinen, ist das Fernsehen. Dort sind Sie frei wie ein Künstler. Ja, ich möchte fast sagen wie ein Dichter! Puschkin hätte heutzutage Drehbücher geschrieben. Tschechow wäre Unterhaltungschef geworden, und Dostojewski hätte eine Spielshow moderiert, bei der man Millionen machen kann.«

Der General streicht mit der Handfläche über seinen Mund. Braucht Augenblicke, um zu verstehen. Und fragt schließlich: »Bei Gott, wie um alles in der Welt soll das funktionieren?«

Barjuschin lächelt: »Wenn das Fernsehen sagt, Sie seien ein eiserner Kämpfer gegen die russische Mafia, dann sind Sie das.«

»Welches Fernsehen sagt das denn?« fragt Kabantschik.

Barjuschin blättert in seinen Ordnern. »Wir haben im Augenblick eine viel zu große Pressefreiheit. Das gilt aber nur für die Zeitungen, die sich allerhand herausnehmen. Die beiden staatlichen Fernsehsender ORT und RTR aber werden vom Präsidentenstab kontrolliert. Da kommen wir nicht ran. Auch nicht an den dritten großen Kanal. Hinter NTW steht eine Bank. Da ist nichts zu machen.«

»Und was tun wir jetzt?«

»Wir nehmen einen Ausländer. Eine große Gesellschaft mit Breitenwirkung. Amerikaner, Europäer – mal sehen. Erst zeigen wir uns draußen, dann probieren wir es in unserem Rußland. Das wird dann kein Problem mehr sein.«

»Was muß ich da tun?«

»Ein Interview geben. Den Rest erledige ich.«

»Wann?« fragt Kabantschik.

»In ein paar Wochen. Das Material, das wir brauchen, werde ich beschaffen. Und bei der Wahl des Senders fehlt mir noch das kleine i-Tüpfelchen. Aber das kommt, da bin ich sicher.«

»Du bist ...? Ich verstehe noch immer nicht.«

Der General ringt sich zu einem Lächeln durch: »Einverstanden. Und du glaubst, mit so'nem Image werde ich ...?«

Barjuschin vollendet den Satz: »... wahrscheinlich, wenn nicht mehr. Das wollen Sie doch, oder?«

Kabantschik lehnt sich zurück und nimmt einen Schluck. Barjuschin schließt seine Akten. Ein Spatz hopst vor ihre Füße, badet seine Flügel im feinen Sand, flattert und piept vor Vergnügen.

»Schau dir diesen grauen Scheißer hier an.« Kabantschik zeigt mit seinem Glas auf das Tier. »Hat glattes, glänzendes Gefieder. Bei uns sind sogar die Spatzen stumpf und krank. Müssen sich um jeden Krumen prügeln. Hier baden sie im warmen Sand.«

General Kabantschik hebt sein Glas: »Auf unsere Mutter Rußland! Für sie kämpfen wir.«

Beide trinken ex, damit der Toast gilt. Dann grinst Kabantschik: »Wenn alles vorbei ist, kriegst du die Suite hier auf Zypern. Was sagst du dazu?«

»Ihre Großzügigkeit ehrt mich«, Barjuschin hebt sein Glas zum zweiten Toast: »Auf unsere Heimat.«

»Mit Gemüse!« Kabantschik schüttelt sich vor Lachen. »Daß du dich nicht schämst!«

Die Alten hinter dem Hibiskus packen ihre Badetücher zusammen und humpeln mühsam zur Theke an der Beach Bar.

»Zwei Wodka«, bestellt Madame Butterfly.

Sie hebt ihr Glas: »Auf daß wir jemals so alt werden, wie wir heute schon aussehen!« Beide lachen leise und vergnügt.

Barjuschin schreibt wie üblich seinen Bericht.

Der Ehrgeiz Kabantschiks, FSB-Direktor zu werden, sei ungebrochen.

Er, Barjuschin, habe dessen Vertrauen und berate ihn diesbezüglich. Bittet nun die Zentrale um Weisung.

Das FSB berät sich intern und ein zweites Mal mit Barjuschin. Sie begrüßen dessen Vorschläge und überlassen ihm internes Material: ein paar Nutten- und Leichenbilder auf Video, einen Ausbildungsfilm des Dienstes und einen Frachtbrief.

Material, das Kabantschik belastet, wird Barjuschin in Aussicht gestellt – falls es Probleme gibt.

3

Hella hat zwei Picasso-Poster rahmen lassen, Ton in Ton passend zu Bachs Sofa im Büro. Sie hat's bei *Metallo-Remont* machen lassen, wo sonst nur Schlüssel kopiert oder Rohre geschweißt werden. Entsprechend schwer fielen die Rahmen auch aus.

»Pjotr«, sagt Hella, als sie frühmorgens ins Büro kommt, »bohr Löcher und häng sie auf.«

Der Mann organisiert bis mittags einen Bohrer, der den Sarkophag des Atomkraftwerks Tschernobyl wie Käse löchern könnte, und trümmert vier riesige Dinger in Bachs Büro. Dübelt akkurat, verbindet die zart gelöteten Ringe an der Rückseite des Metallrahmens mit einem Faden und hängt die Poster daran auf.

Eine dürre Ljuba steht mit Staubsauger dabei und sieht ihm zu. Die hat sich Pjotr geholt, um den Dreck wegzumachen, der beim Bohren anfällt.

Als Bach mit dem Kameramann Ivan von einem Interview mit Gaidar zurückkommt, saugt Ljuba aber nicht, sondern steht grinsend in der Tür zwischen Bachs Büro und Hellas Zimmer und fängt an zu zählen: »Eins, zwei, drei, vier, fünf, ...«

Bach pfeift ein fröhliches Lied. Er hat ein gutes Interview im Kasten; nun wird er die Zentrale anrufen und Erfolg melden. Er bekommt sicher zehn Minuten Extra-Sendezeit.

»... neun, zehn, elf, ...«

Er holt sich einen Kaffee und sagt noch zu Hella: »Schön die Poster. So frisch!«

»... siebzehn, achtzehn, neunzehn, ...«

Bach kommt ein zweites Mal aus dem Büro. Fragt Hella: »Was ist mit dem Telefon? Ich komme überhaupt nicht raus.«

»Havarie«, antwortet Hella und zuckt hilflos mit den Schultern.

Das ist das Wort für russische Ungeschicklichkeiten im weitesten Sinne. Es reicht von Blumenvasen umkippen bis zum

Bruch einer Öl-Pipeline in Sibirien. Auch mit *Schicksal* zu übersetzen.

»Kleine Havarie heute mittag. Sie baggern hinter der Metrostation für eine neue Fernwärmeleitung. Dabei haben sie das Haupttelefonkabel ...«

»Nicht weiter, sonst wird mir schlecht«, unterbricht sie Bach, »aber wieso ist die Satellitenleitung dann auch hin?«

»Das frag ich mich auch«, antwortet Hella stoisch. Benimmt sich wie eine Einheimische und schweigt.

»Und wann wird das wieder?« Bach hat in all den Jahren immer noch keinen Sinn für den russischen Alltag entwickelt. Hella lächelt: »Nix Genaues weiß man nicht.«

»... vierundzwanzig, fünfundzwanzig, sechsundzwanzig, ...«

»Wie soll ich so arbeiten? Jetzt hab ich schon mal so ein Ding!« Bach zeigt Hella einen halben Meter von irgendwas mit beiden Händen. »Exklusiv! Und keiner weiß es«, schimpft Bach. »Noch nicht mal faxen kann ich das. Gaidar sagt mir ins Gesicht, der Präsident könne ihm gestohlen bleiben. Soll ich das nach Berlin trommeln oder was?« Seine gute Laune ist wie weggeblasen. Alles wie gehabt.

»... einunddreißig, zweiunddreißig, dreiunddreißig, ...« Ljuba steht immer noch an der Tür und starrt auf die Rahmen.

»Was zählt diese Frau hier eigentlich in meiner Tür?« brüllt Bach.

In dem Moment kommt Ivan leichenblaß aus dem Schneideraum und stammelt auf russisch: »Ich schwöre, das hatte ich noch nie, ... nie hatte ich jemals ...« Bach versteht ihn nicht. Spürt nur, daß irgendwas Schreckliches passiert sein muß. »Was sagt er?« fragt er Hella. »Warum redet der nicht englisch?«

Hella fragt Ivan auf russisch: »Was sagst du?« Der stottert rum, Hella puzzelt seine Worte zusammen, zieht schließlich ihre Brille ab. Schaut Bach an und sagt ihm ungerührt ins Gesicht: »Das Interview hat von vorn bis hinten einen verzerrten Ton. Ist unbrauchbar, kannste wegwerfen.«

»... siebenundvierzig, achtundvierzig, neunundvierzig, ...«

Bach sitzt hinter seinem Schreibtisch. Hella knetet ihm eine Doppelpackung Maaloxan weich. Das schützt seine lädierte Magenwand vor dem Durchbruch. Sie hat verschwiegen, daß Ivan auch gestanden hat, die ganze Nacht so gesoffen zu haben, daß er sich kaum an das Interview erinnern kann. Geschweige denn, wie er an diesem Morgen den Ton gemacht hat. Und ob überhaupt.

Bach jammert: »Wenn das Gaidar erfährt, und er wird es erfahren, krieg ich nie wieder ein Interview mit ihm.« Und dann leise: »Ein Glück, daß ich noch nichts gesagt habe in Berlin. Wie hätte ich dagestanden.«

Plötzlich hören beide aus dem anderen Raum das Fax tickern. Sie schauen sich überrascht an. »Sag nur, die Leitungen sind wieder ganz?« fragt Bach ungläubig.

»Das ist Rußland«, freut sich Hella. »Irgendwie geht's doch.«

»... siebenundfünfzig, achtundfünfzig, neunundfünfzig, ...«

Bach geht zum Faxgerät, beugt sich neugierig über das Papier, das gerade ausgedruckt wird, da brechen die Leitungen wieder zusammen, das Fax stoppt.

Bach schreit: »Was ist das wieder für eine verdammte Scheiße?«

»Das ist Rußland«, weiß Hella, »irgendwie geht's doch nicht.«

»... dreiundachtzig, vierundachtzig, fünfundachtzig, ...«

Bach ist verzweifelt. Aljoscha soll kommen. Er hat zwar heute frei, aber das hier! Er hält es nicht mehr aus.

Ljuba sagt: »NEUNZIG!« Da reißt sich Picasso aus der Wand und zertrümmert auf Bachs Parkett.

»HELLAAAA!«

Sie ist Bachs rechte Hand, Aljoscha Vitaljewitsch seine beiden Beine. Er ist sein Aufpasser, Dolmetscher, Logist, Bestecher, Mädchenbeschaffer und überhaupt für alles da. Ohne Aljoscha gäbe es keine Flugtickets, keine Bahnkarten, keine Interviewpartner, keine Hotelzimmer, kein Handtuch und kein Insiderwissen. Und wenn Aljoscha frei hat, ist im Büro der Teufel los.

Statt also den ganzen Tag in geräumiger Unterwäsche vor dem Fernseher zu verbummeln, sagt darum Aljoscha auch heute zu seiner Großmutter: »Babuschka, ich muß zur Arbeit.«

»Ich denke, du hast einen freien Tag«, sagt sie.

»Dachte ich auch«, antwortet Aljoscha. »Aber nun haben sie angerufen. Vor unserem Büro wurde gebaggert, und dabei haben sie das Telefonkabel zerstört. Deshalb muß ich doch zur Arbeit.«

Babuschka schüttelt verständnislos den Kopf: »Das hätte es zu meiner Zeit nicht gegeben! Wenn bei uns das Kabel kaputtgebaggert wurde, sind wir alle nach Hause gegangen und haben uns einen freien Tag gemacht!«

Sie sitzt in ihrer mickrigen kleinen Küche am Tisch und streichelt ein Huhn, das auf ihrem Schoß hockt. Aljoscha haßt die Viecher. »Bring die Hühner auf den Balkon. Laß sie nur nicht wieder in mein Zimmer. Gestern lag ein Ei in meinem Bett.«

»Eier sind ein Segen«, lächelt die Babuschka.

»Hühner in der Wohnung ein Fluch«, schimpft ihr Enkel. »Ich kauf dir hundert Eier täglich, frische vom Land, wenn du willst. Da sind die Hühner, wo sie hingehören.«

Aber Babuschka hat wie zu Belagerungszeiten Kartons auf dem Balkon gestapelt; darin gackern Sommer wie Winter ihre zwölf Haushühner. Bei Breschnew gab's noch Eier zu kaufen. Seit Gorbatschow nicht mehr. Bei Jelzin wieder, aber sie sind viel zu teuer geworden. Daß ihr Aljoscha mittlerweile eine Menge Dollar im Monat verdient, beeindruckt sie nicht weiter. »Und was wird morgen sein?« fragt sie. »Hast du dann noch deine Arbeit bei den Ausländern? Weiß ich nicht. Hast du dann noch Geld, oder ist es überhaupt noch gültig? Weiß ich nicht. Hab ich dann noch Hühner? Ja! Ich habe morgen Hühner. Das ist alles, was ich über die Zukunft weiß. Und du willst sie mir nehmen, meine Zukunft?«

Was sollte Aljoscha dagegen sagen? So gackern sie also weiter im siebzehnten Stockwerk. Rutschen über das Parkett zu den Futternäpfen in der Küche, scheißen den Flur voll, scharren in Aljoschas Zeitungen, und der Hahn kräht munter auf dem Fernseher.

Aljoscha beugt sich runter und küßt sie zum Abschied auf den Kopf. Sie hat es schwer, die Liebe. Die Zeiten verändern sich rasant, aber Babuschka kommt nicht mehr mit. Die Geschäfte in Moskau sind voll mit den feinsten Lebensmitteln, aus dem Ausland importiert und viel zu teuer. Das wenige Preiswerte muß man suchen. Die verarmten Rentner stehen heute nicht mehr an, sondern laufen kilometerweit, um was zu Essen zu finden. Dennoch trifft sich Babuschka mit den alten Freundinnen auf der Straße und stellt sich hinten an. Sie stehen Schlange, wo es nichts mehr anzustehen gibt, nur um der alten Gewohnheit nach ein Schwätzchen zu halten.

»Soll ich mich etwa nicht mehr unterhalten können?« wehrt sie sich, wenn man sie darauf anspricht.

Einmal ist Babuschka die Nußmühle zerbrochen. Eine Nußmühle, die man an den Tisch schraubt, oben Nüsse einfüllt und dreht, bis sie vorne gemahlen rauskommen. Tagelang war sie unterwegs. Von einem Geschäft ins andere ist sie marschiert mit ihren schlimmen Füßen, um genau die gleiche Nußmühle zu finden.

»Die Verkäuferinnen haben mir laut ins Gesicht gelacht«, weinte seine Babuschka abends. »Ausgelacht! *Nußmühle*, so eine wie früher. Hahaha! Was ich denke, wo ich lebe? Nußmühlen zum Anschrauben und Drehen sind kommunistisch, haben sie gesagt. Gab's früher für zwei Rubel das Stück. Heute gibt's die nicht mehr. Die Verkäuferinnen haben mich verhöhnt: ›Wir sind jetzt demokratisch, Babuschka. Wir haben keine kommunistischen Nußmühlen mehr. Wir verkaufen jetzt demokratische Nußmühlen, und die heißen Krups!‹«

Babuschka ringt noch immer die Hände, wenn sie davon erzählt: »Demokratische Nußmühlen! *Zweihunderttausend* Rubel das Stück.«

Aljoscha streichelt ihr übers Haar und sagt: »Wenn es warm wird, fahren wir alle auf die Datscha. Du und deine Hühner. Da bleibt ihr den Sommer über, das wird euch guttun.«

Er ist bei ihr groß geworden. Zweimal ist er ausgezogen, um zu seiner ersten und seiner dritten Frau zu ziehen. Mit der zweiten hatte er bei Babuschka gewohnt. Diese Ehe war besonders kurz. Nun wohnt er wieder allein bei ihr, und so ist es am besten. Babuschkas sind die angenehmste Sorte Frauen, die er kennt. Sie füttern dich. Waschen deine Wäsche. Legen dir den Anzug raus, dazu die Hemden frisch gebügelt. Haben immer einen Wodka im Schrank. Wollen nichts von dir; Hauptsache, du kommst nach Hause. Putzen schweigend deinen Dreck weg, klagen nicht über Mundgeruch, vollgepisste Klodeckel oder zerrissene Hosen. Man kann sie ernähren und beschützen, dafür meckern sie nicht, wenn man tagelang nicht spricht. Aljoscha Vitaljewitsch fragt sich nach der dritten Ehe, warum Frauen vierzig Jahre brauchen, bis sie zu Verstand gekommen sind.

Er verabschiedet sich und fährt ins Büro, das am Kutusowskij Prospekt liegt. Eine breite Straße, die von der Innenstadt direkt in die westlichen Wälder außerhalb der Stadt führt. Diesen Weg nehmen die schweren Staatskarossen noch heute, um die mittlerweile demokratischen Bonzen mit Polizeischutz und Sirenengeheul in ihre Datschen zu bringen, die von riesigen Zäunen und Wachpersonal abgeschottet im Wald liegen. Der Kutusowskij Prospekt hat darum nie ein Schlagloch und ist immer hell beleuchtet.

Dort stellt Aljoscha am Straßenrand sein Auto ab und holt sich bei einem alten Mütterchen geröstete Sonnenblumenkerne, die sie in Tütchen aus altem Zeitungspapier am Straßenrand verkauft. Er lehnt sich an einen Laternenpfahl und beißt die Kerne auf, saugt das Innere in den Mund und spuckt die Schale aus.

Der schwarze Schneematsch liegt noch meterhoch. Es taut bereits, die Kanäle der Stadt fassen das Wasser nicht mehr und laufen über. Auf den Straßen entstehen halbe Seen. Die Autos fahren dennoch so schnell durch, daß hohe Wellen die Bürgersteige überschwemmen und die Füßgänger bespritzen.

Es gibt keinen Frühling in Moskau. Es gibt nur wochenlanges Sauwetter. Die Wolken sind grau, der Schnee schwarz und die Bäume kahl. Die Temperatur kurz über dem Gefrierpunkt. Jetzt bringen sich die Moskauer entweder um, oder sie wählen die Kommunisten.

Bald ist Mai, dann wird sich die Natur überschlagen. Eine Woche Sonne ist nötig, und es ist Sommer. Alles ist grün. Entwicklung ist dem russischen Wetter fremd und den Russen sowieso. Im Sommer gewinnen die Demokraten. Der Sonne sei Dank.

An diesem grauen Nachmittag im März beobachtet Aljoscha zwanzig Meter vor sich einen Lada, der unmittelbar neben einer Pfütze hält. Die Frau muß neu sein in der Stadt. Scheint nicht zu wissen, wie tief solche Pfützen hier sein können. Als sie aussteigt, versinken ihre hellbraunen Wildlederstiefel bis zum Schaft in Dreckwasser.

Wütend zerrt sie ihre große Tasche aus dem Wagen, watet ein paar Schritte zurück auf den Bürgersteig. Die Trageriemen schneiden ihr ins Fleisch, aber sie kann die Tasche nicht abstellen, alles ist naß.

In der anderen Tasche, die über ihrer Schulter hängt, sucht sie ihr Portemonnaie. Schließlich wartet der Lada-Fahrer auf seinen Lohn. Denkt sie. Der aber beugt sich in diesem Moment zur Beifahrertür, zieht sie von innen zu und rast los.

Sie starrt wie ein getretenes Huhn hinter ihm her: »Bleib stehn, du Arsch. Mein Koffer!«

Auf den hat es der Fahrer abgesehen, seit er sie am Flughafen in sein Auto geladen hat. Sich das Kennzeichen zu merken, ist unmöglich: es ist wie alles hier mit Dreck verschmiert.

»Oooo Mist!« Sie tritt mit dem linken Stiefel gegen einen Laternenpfahl. Schließlich verzieht sich ihr Gesicht zu einer weinerlichen Fratze: »Jetzt erfrier ich, du blöder Russe!«

Eine Laterne weiter hört Aljoscha ihre deutschen Flüche. Er hätte die versiffte Erde küssen können vor Freude. So eine aufregend wilde und schön böse Frau hatte er schon lange nicht mehr gesehen.

Er geht auf sie zu. Jackie bemerkt ihn und denkt noch, was wohl »Verpiß dich!« auf russisch heißt. Statt dessen legt sie auf deutsch los: »Hör zu, Junge. Eben hat so'n Sackgesicht von Russe meine Sachen geklaut. Wenn ich dein Gesicht seh, kotz ich auch gleich. Also verzieh dich, okay?«

Aljoscha antwortet in bestem Deutsch: »Was hab ich denn mit einem Sackgesicht gemein?«

Sie dreht sich wieder zu ihm um.

»Ich... ehm, dachte, Sie sind Russe. Tschuldigung.«

»Bin ich auch. Aber das Wort Sackgesicht hab ich noch nie gehört.«

»Ent-schul-di-gung!« sagt sie eher genervt als versöhnlich.

»Aber Sie hätten fast gekotzt!« grinst Aljoscha.

»Laß mich in Ruhe, Mann. Meine Koffer sind weg. Hab jetzt kein Bock auf Späße.«

»Schade. Na denn, man sieht sich.«

Aljoscha lächelt und geht.

Jackie beschimpft auch ihn: »Was heißt hier *Man sieht sich* bei zwölf Millionen Menschen in der Stadt? Blödmann!« Aber so leise, daß er es nicht mehr hört.

Sie findet einen Eingang im Hinterhof, den sie für den Zugang zur Müllkammer gehalten hätte, wenn nicht Schilder verschiedener Fernsehanstalten, Zeitungen und Radiostationen neben der Tür gehangen hätten. Sie steigt in den Lift, bekreuzigt sich und fährt nach oben. Er funktioniert tatsächlich.

Aljoscha schleicht ihr nach und beobachtet das Licht, das die Stockwerke markiert. Als der Lift im zehnten hält, freut er sich: »Zu uns!«

Er hopst fast zurück auf die Straße und küßt die Laterne, gegen die sie getreten hatte.

Hella bestaunt Jackie Tannenbaum, die vor ihrem Schreibtisch steht: sie trägt jedes Kleidungsstück doppelt und wirkt dennoch spindeldürr. Über der einen Jeans hat sie noch eine an; links rum und vorne offen. Darüber einen schwarzen Rollkragenpullover, darüber wieder eine Jeansjacke. Und dann noch eine schwarze Jacke mit Reißverschluß, halb hochgezogen. Und darüber wieder eine Jeansjacke. Ihre schwarzen Haare sind so struppig geschnitten, daß man meinen könnte, sie schneide täglich eine Strähne selbst. Aber sie fliegt dafür alle vier Wochen zu *dem* Schmalz nach Berlin. »Sie wissen doch, das ist der Friseur, der den besoffenen

Juhnke auf die Intensivstation gebracht hat oder so. Haben Sie's nicht gelesen?«

Hella nickt. Jackie ist also BILD-Leserin! Alle Journalisten müssen dieses Blatt lesen, von dem Hella meint, es habe seine wahre Bestimmung erst gefunden, wenn alte Fische reingewickelt werden. Dann endlich rieche die Zeitung auch so, wie sie schreibt.

Hella wurde schon vor Wochen aus München angerufen. Ein junges Mädchen würde gern mal ein Praktikum im ETN-Studio Moskau machen. Bach jammerte: »O Gott, verschone mich!«

Hella wußte: »Es ist eine Tannenbaum, Nichte eines Staatssekretärs aus dem Wirtschaftsministerium.«

Bach antwortete: »Ach, ja?«

Hella wußte außerdem, daß diese Tannenbaum wohl *die* Tannenbaum sein müsse, die mit dem Enkel von Kirch zusammen Abitur gemacht hat.

Bach freute sich: »Ein junges Talent also! Willkommen.«

So kam Jackie Tannenbaum nach Moskau.

Und der blöde Aljoscha, mit den Augen eines Dackels und einem Herzen, so groß wie der Baikalsee, kommt ins Büro und bricht zusammen vor Glück, als er sie nach fünf Minuten endlich wiedersieht.

»Hab ich doch gesagt, man sieht sich«, sabbert er.

Kein Wunder, schüttelt Hella den Kopf. Drei Ehen hinter sich, der Kerl. Gestandener Mann, verdient fast zwanzig Mal soviel wie andere Männer. Aber kaum hat er eine junge Schnepfe mit kalten Augen vor sich, wird er weich wie Hackfleisch. Typisch Russe. Er wird alles tun, um sie rumzukriegen. Hat er es geschafft, wird er träge, langweilig und schlaff. So geht die Liebe in Rußland.

Jackie faucht ihn an: »Steigste mir nach? Was willste hier?«

Hella erschrickt über ihren Ton: »Aber das ist doch unser Aljoscha! Der gehört hierher.«

An Aljoscha gerichtet fragt sie: »Woher kennt ihr euch eigentlich? Und was hast du ihr getan, daß sie so böse ist?«

»Nichts«, sagt er und grinst. Er ist selig.

Ljuba hat die Scherben aufgekehrt. Pjotr meint, es koste ihn keine zwei Tage, dann sei Picasso wieder gerahmt.

Bach sitzt wie ohnmächtig hinter seinem Schreibtisch. Hella macht Aljoscha Zeichen: Achtung, ganz schlimm. Der Chef sei kurz vorm Durchdrehen. Aljoscha geht in Bachs Büro.

»Wo brennt's denn?« fragt Aljoscha vorsichtig. Bach sagt nichts. Schiebt ihm nur die Gaidar-Kassette hin.

»Lief es nicht?« fragt Aljoscha. Gaidar war in der Regel ein guter Gesprächspartner.

»Doch, es lief ganz wunderbar«, flüstert Leo. »Er war spritzig, witzig und eloquent. Kritisierte den Präsidenten, daß es eine Lust war.«

»Und? Dann ist doch alles gut.« Aljoscha versteht nicht, warum der Chef fast heult.

»Hör rein«, sagt der nur und starrt weiter auf die Löcher in der Wand, die ihn blöde anglotzen.

Aljoscha geht in den kleinen Schneideraum am anderen Ende des Büros, steckt die Kassette ein. Nimmt den Kopfhörer und hört sich das Interview an. Er findet, es ist gelungen. Was hatte Bach nur daran auszusetzen?

Er nimmt die Kopfhörer wieder ab und schleicht in Hellas Zimmer. In dem Moment brüllt Bach aus seinem Büro: »Einer muß die Löcher überkleben! Das sieht ja zum Kotzen aus!«

»Was'n hier los?« fragt Jackie, die immer noch vor Hellas Schreibtisch steht.

»Was hat er nur?« fragt Aljoscha Hella leise.

»Pjotr hat Poster aufgehängt, und nur ein kleines Fädchen ...« Aljoscha unterbricht: »Ich meine das Interview. Was ist damit?«

»Ivan sagt, der Ton sei total verzerrt«, antwortet Hella.

»Ton verzerrt?« Aljoscha dämmert was. Letzte Nacht ...?

»Wie heißt sie eigentlich?« fragt er Hella auf russisch.

»Jackie«, antwortet sie ihm.

»Was iss?« fragt Jackie.

»Kaffee?« fragt Hella und lächelt.

Aljoscha geht zurück in den Schneideraum. Auf dem Tisch ist tatsächlich eine Pfütze, der Lautsprecher noch feucht. Er und Ivan hatten das Ding im Suff mit Wodka getauft; Aljoscha erinnert sich. Es muß gegen Morgen gewesen sein.

Er klemmt den Lautsprecher ab, einen anderen dran. Versteckt das defekte Teil unter seinem Regenmantel, der in der Ecke liegt. Legt die Kopfhörer weg. Probiert – der Ton ist in Ordnung.

»Ein Wunder!« Bach weint fast an Aljoschas Schulter. »Irgendwie geht hier doch alles, was?«

Im Freudentaumel gibt Bach Aljoscha hundert Dollar Prämie dafür. Fünfzig gibt der später Ivan ab. Der war schließlich der Taufpate.

Aljoscha hätte gern gewußt, ob sich unter Jackies Klamotten eine Frau versteckt. Hat sie Brüste? Beine? Einen Hintern? Dürr ist sie, das sieht er an ihren knochigen Fingern, die sich um den Kaffeebecher klammern, den er ihr reicht.

»Haste Milch?« fragt sie, statt sich zu bedanken. Ihr Gesicht ist hell geschminkt, ihre dunkelrot bemalten Lippen gefallen ihm. Solche Lippen sind russisch. Aber sonst ist sie so wunderbar anders.

Russische Frauen in ihrem Alter kommen ins Büro, als wollten sie ihren Chefs die Luft zum Atmen nehmen. Kurze Röcke, pralle Busen und die Blusen so eng, als seien sie von der kleinen Schwester ausgeliehen. Diese Deutsche dagegen versteckt alles unter einem Haufen Kleider. Wie eine Geschenkpackung mit viel Papier und Schleifen.

Bach kommt endlich auch auf Jackie zu und gibt ihr die Hand. Aljoscha findet, daß sie ihn irgendwie ungewöhnlich betrachtet. Auch Bach guckt komisch.

»Da bin ich also«, sagt Jackie. Plötzlich fast zärtlich. Und reicht dem Korrespondenten die Hand.

Bach fragt: »Sind Ihre Haare gefärbt?«

Hella stutzt.

Was ist das für eine erste Frage, wundert sich auch Aljoscha.

Bach bleibt gleichgültig, als Jackie vom Kofferdiebstahl erzählt. Es sei Freitag nachmittag: »Zur Polizei? Das bringt hier gar nichts.« Sie solle sich ausruhen oder einkaufen oder sich umschauen, es sei ihm egal.

»Jetzt ist Wochenende, Anzeige können wir Montag erstatten, wegen der Versicherung. Bis dahin. Wiedersehen.« Bach geht zurück in sein Zimmer.

»Aljoscha«, bittet Hella. »Zeig dem Kind, was für ein Genie du bist. Hol die Koffer zurück.«

»Wie soll er das machen?« fragt Jackie. »Das Kennzeichen hab ich nicht gesehen, war Dreck drauf. Das Auto kenn ich nicht, irgendso 'n Russenwrack. Nicht ma' ne Farbe hatte das Teil. Den Koffer find keiner, dafür verwett ich meinen Arsch.«

Aljoscha starrt Hella an. Fragt sie auf russisch: »Was meint sie damit? Daß ich ihn anfassen darf, wenn ich den Koffer bringe?«

»Was sachter?« fragt Jackie.

»Er hätte zur Belohnung lieber ein Huhn«, lacht Hella, »nicht wahr, Aljoschinka?«

Nun stutzt Jackie: »War das jetzt frauenfeindlich oder was?«

Aljoscha schreit auf vor Vergnügen. Er sagt Hella auf russisch: »Sie ist eine Göttin!«

Dann wendet er sich an Jackie: »Ich sagte, ich brauche dafür hundert Backsow.«

»Was'n das?«

»So heißen bei uns US-Dollar«, erklärt Hella.

Aljoscha hört sich am Flughafen bei den Fahrern um. Scheremetjewo II ist der internationale Flughafen. Hier kommen westliche Ausländer an, also ist es der lukrativste aller Flughäfen in und um Moskau. Wer hier nicht zur Taxi-Mafia gehört und trotzdem Fahrgäste einlädt, bekommt Ärger. Sein Auto wird umstellt, die Fahrgäste müssen umsteigen, und der Außenseiter bekommt, wenn er Glück hat, bloß eins auf die Nase.

Die organisierten Fahrer klauen normalerweise nicht. Der

Lada-Fahrer der Deutschen muß also ein Außenseiter gewesen sein. Einer, der der Bande durch die Lappen gegangen ist.

Aljoscha bietet demjenigen Taxifahrer fünfzig Dollar, der dem gesuchten Lada-Fahrer mitteilt: er, Aljoscha, sei bereit, den Koffer der Ausländerin abzukaufen.

Die Organisierten finden den Lada-Fahrer am Samstag, verpassen ihm den üblichen Denkzettel und übermitteln Aljoschas Botschaft.

Am frühen Sonntagmorgen zahlt Aljoscha die fünfzig Dollar für die Information »Sonntag, 14 Uhr vor dem Hippodrom«.

Der Fahrer hat ein blaues Auge und den Rennplan schon in der Jackentasche. Das vierte Rennen hat gerade begonnen, es wird Zeit, daß er an Geld kommt.

Aljoscha versucht den Preis zu drücken: »Das Mädchen ist Studentin, mehr als fünfzig Dollar sind nicht drin.«

»Die wollte ja allein für die Fahrt schon dreißig zahlen«, nörgelt der Dieb. Er macht Anstalten, den Koffer zu öffnen. »Soll ich dir mal zeigen, was die für Wäsche hat? Alles teure Seide, Hunderte wert. Die schwimmt in Geld, die Ausländerin.«

»Laß den Koffer zu. Das fünfte Rennen beginnt gleich«, sagt Aljoscha.

»Was will ich im fünften Rennen? Ich wette nicht.«

Dabei macht er große Ohren, wenn der Stadionsprecher was sagt. Aljoscha hat es leicht mit ihm: »Sieg auf Amarin. Jegorow ist der Jockey. Die Quote könnte um die vier sein, Amarin ist nicht als Favorit gesetzt.«

»Was ist mit Festival?« fragt der Kleine besorgt.

»Pupko hat gesoffen die ganze Nacht.«

»Der Jockey hat gesoffen?« Der Kleine will es glauben.

»Die ganze Nacht«, antwortet Aljoscha und holt fünf Zehndollarscheine aus der Tasche.

»Fünfzig Dollar. Nimm sie, es ist mein einziges Angebot. Oder stell dich zu den Frauen und verkauf die Unterwäsche an der Straße.«

Der Dieb nimmt das Geld und geht zum fünften Rennen. Amarin geht als Dritter durchs Ziel. Der Favorit gewinnt: Festival.

Aljoscha fliegt mit seinem weiß-roten Wolga-Kombi Richtung Südwesten. Richtung Jackie.

Er trägt ein weißes Häubchen auf dem Kopf und sieht lächerlich damit aus. Sein Auto ist ein ausgedienter Krankenwagen, bislang kam er damit gut durch die Stadt.

Aljoscha flucht, weil das immer schlechter geht. Seit der Perestroika sind die Moskauer Straßen hoffnungslos verstopft. Und seit Rußland kapitalistisch ist, werden die Geldtransporter der Banken mit Blaulicht und Sirene eher durchgelassen als die Krankenwagen.

Jackie wohnt unter Bach, in einer Gästewohnung von ETN. Pjotr hat sie hingebracht.

Aljoscha apportiert die Koffer.

»Eh, cool gelöst. Stark eij«, lobt Jackie ihn. Aljoscha sacken die Beine weg vor Glück. »Komm rein, krissten Bier.«

4

LEONARD BACH LEBT in einer kleinen Wohnung mitten in der deutschen Siedlung mit zwei riesigen Hochhäusern, einer Schule und einem Kindergarten. Früher war es das DDR-Ghetto, seit der Wende, so Bach, gehört es uns.

Der große Zaun drumherum wurde nach dem 3. Oktober 1990 frisch gestrichen. Der Wachposten an der Einfahrt hat einen westlichen Schlagbaum mit allen Schikanen gekriegt: weißrot, elektrisch und mit Fernsteuerung; zu DDR-Zeiten mußte ein Holzphallus reichen. Und als bundesdeutsche Zugabe wurden zusätzlich Schilder aufgestellt.

Das beste hängt gleich links vom Schlagbaum: Hier gilt, so informiert das Teil auf deutsch, die Straßenverkehrsordnung!

Ab Frankfurt/Oder mag das Recht des Stärkeren herrschen. Polnische Rabauken mögen den Russen die Stoßstangen ins Gebälk rammen oder umgekehrt. Aber hier, mitten in Moskau, auf der vereinigten Insel der Glückseligkeit, gilt noch, was gut ist: die deutsche StVO.

Bach ist beruhigt und froh, wenn sich abends der Schlagbaum hinter ihm schließt und er Rußland wenigstens bei Nacht vergessen kann.

Schlagbaum heißt auf russisch *schlakbaum*. So wie *butterrbrrot*, *marrschrutt* und *rrucksack*. Alles unsere Worte, sagt Bach.

Den Schlagbaum passieren dürfen nur Wagen mit grüner oder blauer Plakette. Blau ist, wer in der deutschen Schule oder dem deutschen Kindergarten ein Kind hat, dies der Wohngebietsverwaltung glaubhaft machen kann sowie zweihundert Deutsche Mark Kaution hinterlegt. Zinslos. Öffnungszeiten sind angeschlagen.

Die Blauen dürfen nur kurzparken. Die Grünen sind Bewohner des deutschen Wohngebiets und dauerparkberechtigt.

Bach ist grün.

Einmal hatte sich die blaue Frau eines Kollegen in ihn verguckt, aber es wurde nichts draus. Er hatte ihr ausgemalt, wie sie mitten in der Nacht nach der Liebe aufschrecken müßte: O Gott, ich hab 'ne blaue Plakette! würde sie dann klagen und ihr Auto zehn Meter raus ins wilde Rußland fahren. Das war der blauen Frau auch zu gefährlich, und so wurde er sie wieder los.

Im Erdgeschoß des zweiten Aufgangs ist ein kleiner Spar-Laden, früher das HO-Geschäft. Es gibt »Du darfst«-Fleischwurst mit deutschem Preisschild, bayerische Weißwurst mit süßem Senf, rasierte Stachelbeeren von Landkost, Bunte-Berta-Magerquark und Pfanni-Püree. Alles ist doppelt bis dreifach so teuer wie daheim, dafür verdient die russische Kassiererin auch doppelt oder dreifach so wenig wie die Kollegin in Deutschland.

Im ersten Aufgang gibt es Mittwoch und Freitag frisch gezapftes Bier bei Dieter. Der brät 'ne fette Haxe dazu, und Bach ist wieder froh. Da sitzt er mit dem anderen Deutschland an einem Tisch und fragt sich leise, wer von denen ein IM der Stasi war und wer nicht. Manche sollen früher so dick im Geschäft gewesen sein, daß sie sich nicht mehr nach Hause trauen, weil das ja nun der feindliche Westen ist.

Im Grunde sind die ja ausgebürgert worden, wenn man's genau nimmt. Wurden nach Moskau geschickt, in den Achtzigern, und plötzlich gibt's ihr Land nicht mehr. Alles aus für Leute, die sich für den Sozialismus verdient gemacht haben.

»Sehen kann man nichts«, denkt sich Bach. »Nett sind sie alle.«

Seit einiger Zeit sollen auch zwei Westspitzel hier wohnen. Über die macht er sich weniger Gedanken: »Sind ja von uns.«

Seine Haushälterin heißt Lena. Sie putzt, wäscht das Geschirr, kauft für ihn ein, was der Spar-Markt nicht hat. Deshalb war Bach in all den Jahren noch nie in einem russischen Geschäft. Er weiß nicht, wieviel in Rußland Brot, Butter oder Gemüse kosten.

Er hat Lena einen Schlüssel gegeben und sie gebeten, nur dann aufzuräumen, wenn er nicht da ist. Er sieht sie einmal im Monat.

Kommt er abends nach Hause, findet er frisches Obst, saubere Teller und immer neue Schnittblumen in der Vase.

Er hält sich eine kleine Schildkröte, die er vor Jahren auf dem Moskauer Vogelmarkt gekauft hat. Nennt sie Doris.

So eine Schildkröte ist die angenehmste Wegbegleiterin, die er sich denken kann: sie bellt nicht, sie beißt nicht. Muß nicht Gassi gehen, haart und stinkt nicht. Will Löwenzahn und ihre Ruhe. Und im Winter schläft sie in seinem Kühlschrank im Gemüsefach.

Bach haßt Katzen. Noch mehr aber haßt er Hunde. Die Größe der russischen Hunde ist umgekehrt proportional zur Größe russischer Wohnungen, in denen sie hausen.

Deutsche Doggen, Bullterrier, Rottweiler, Schäferhunde und andere Riesenviecher werden in Herden durch den kleinen Wald getrieben, in dem Bach spazieren gehen würde, wenn ihn diese Köter ließen.

Und was die fressen müssen! Er jedenfalls wird keine Berichte mehr machen über den angeblichen Hunger in Rußland. Wer solche Riesenviecher durchbringt, dem kann's so schlecht nicht gehen!

Um sich im Falle eines Angriffs vor solchen Hunden zu schützen, trägt er in seiner linken Hosentasche ein Spray: Original Pfeffer – Contra Dog – Abwehrspray gegen bissige Hunde. FCKW-frei!

In der rechten Hosentasche hat er ein Spray gegen Menschen: CS-Gas-5005 MAN SUPER ABWEHR. Bei dieser Flasche weiß er nicht genau, ob es ihm im Notfall gelingt, den Plastikschutz durchzudrücken. Keine der Flaschen hat er je benutzt. Weder im Notfall, noch einfach so. Er sollte sie mal ausprobieren, aber er fürchtet, sich versehentlich selbst zu besprühen.

Eine Frau braucht er nicht. Hätte man sie nur so, quasi als Nachbarin – vielleicht. Aber eine in der Wohnung ist fast noch schlimmer als ein Hund.

Was möchtest du zum Abendessen?

Liebst du mich noch?

Wie gefällt dir mein neues Abendkleid?

Du hast doch nichts dagegen, wenn ich mir endlich mal einen Pelz leiste, oder? Beate hat schon zwei!

Bin ich zu dick geworden, siehst du was von meiner Zellulitis? Gehen wir morgen zu Meyers?

Er hat Lena, das reicht; ihre Fragen sind ihm egal. Er hört sie eh nicht. Und zweimal im Monat gönnt er sich was Nettes. Bleibt zwei Stunden und zahlt fair. Öfter kommen Ehemänner in seinem Alter auch nicht ran, und sie zahlen mit ihrem Leben dafür.

Wenn er abends ausgeht, dann zu klassischen Konzerten. Die Karten für den Tschaikowsky-Konzertsaal oder das Konservatorium läßt er von Pjotr besorgen. Er haßt die Kassen hier. Die Russen haben eine kleine Luke in Hosenlatzhöhe, die ihn zwingt, sich zu bücken, in Demut sich einzuschleichen, den Kopf mühsam in die Luke zu halten, um die Matrone zu sehen, die auf den Karten sitzt. »O BITTE, hätten Sie vielleicht ... eine Karte für übermorgen?« Sie wird etwas antworten ... wenn sie nicht mit ihrer Mutter telefoniert. Ihre Antwort wird zickig und kurz sein: »Wä-wä-wä.«

Kein Ausländer versteht das. Schon gar nicht Bach, der kaum russisch spricht.

Er schickt Pjotr. Der fährt ihn auch hin und wartet draußen im Auto. Läßt im Winter dabei die ganze Zeit den Motor laufen, damit ihm nicht kalt wird. Und fährt ihn zurück nach Hause, hinter seinen Schlagbaum.

An diesem Montagmorgen geht Bach dann doch mal spazieren. Weil er nicht mehr schlafen kann und hofft, morgens um halb sieben keinen Drecksköter zu treffen.

Morgennebel liegt über dem kleinen Birkenwald; so eingehüllt fühlt er sich einigermaßen sicher, obwohl er draußen ist. Entspannt atmet er die frische kühle Luft.

Eine alte Frau sitzt am Rand einer kleinen Lichtung auf einem Baumstamm und liest in einem Buch. Bach fragt sich, welche Enge oder Familienkatastrophe sie aus ihrem warmen Bett vertrieben haben muß, um in diesem frostigen Lesesaal ihre Ruhe zu finden. Der Rücken der Frau steht senkrecht und gerade, die Oberschenkel parallel geschlossen, die Füße zusammengestellt. Das Buch hält sie in beiden Handschuhen vor sich.

Eine andere, sehr dünne Frau mit blond gefärbten, oben zusammengesteckten Haaren hält sich an einem rostigen Klettergerüst, streckt ihr linkes Bein, als übe sie an der Ballettstange vor dem großen Spiegel. Vielleicht, erinnert sich Bach an Hellas Geschichte, ist das die Margarite am Wegesrand von Rotkäppchen? Die Geschichte ging ihm nicht aus dem Sinn.

Der kleine Wald ist tausend Meter breit und tausend Meter lang, von Straßen und Hochhäusern begrenzt. Nur in der Mitte sind die Birken so dicht, daß kein Haus zu sehen ist.

Da sieht Bach die Turnerinnen: eine Dicke liegt auf dem morschen Holztisch eines Rastplatzes, macht Gymnastik. Die andere steht davor. Beide haben ausgeleierte dunkelblaue Trainingsanzüge an. Die Liegende trägt ein Kopftuch, die andere eine Wollmütze. Beide sind so um die vierzig.

Die Stehende hat beide Arme ausgestreckt und hebt sie nun etwas an. Die liegende Frau folgt mit ihrem ganzen fetten Körper diesen Armen, schwebt kurz über dem Tisch und senkt sich wieder.

»Hat die geschwebt?« fragt sich Bach. Nun macht die Schwebende wieder irgendwelche Übungen, die Stehende Kniestützen.

»Ob die wirklich geschwebt hat?« fragt er sich, dabei hat er es mit eigenen Augen gesehen. Leonard Bach verwirrt nichts mehr, als ein Ereignis selbst zu erleben.

Hätte eine Nachrichtenagentur gemeldet, die einundvierzigjährige Valentina Kamarowna aus Moskau könne im Morgennebel schweben, wäre das kein Problem für ihn. Hingehen, drehen, texten, senden und fertig. Aber so? Da macht er sich ja lächerlich. Einmal in Baden-Baden war's umgekehrt. Da hatten sie was gesoffen, nach Feierabend im Konferenzsaal. Ein Kollege hatte sich nach dem Pinkeln in den Nachrichtenraum verlaufen. Als er wiederkam, lallte er, da sei eine Meldung reingekommen, er wüßte auch nicht, aber das Kurhaus brenne.

»Hahaha!« haben alle gelacht. »Das ist ja komisch. Das Kurhaus brennt! Hier bei uns, ausgerechnet in Baden-Baden, wo nie was passiert.«

Der Kollege sagte noch: »Wohl nicht arg, irgendwas in der Küche; Herd oder so.« Also haben sie weitergesoffen. Keiner hat sich weiter drum gekümmert. Gesungen und gelacht haben sie: »Das Kurhaus brennt! Das Kurhaus brennt!«

Nach zwei Stunden hat einer *heute* angemacht, da steht das Ding doch glatt in Flammen!

Und hier schwebt Montag früh eine Russin im Nebel. Er kann nicht mal soviel Russisch, um sie nach ihrem Namen zu fragen. Geschweige denn, sie zu bitten, morgen nochmal zu schweben, wenn die Kamera dabei ist. Also vergißt er sie.

Auf dem Rückweg tritt er auf einen winzigen Mops, den er für einen Baumstumpf gehalten hat. Das Vieh springt ungewöhnlich hoch vor Schreck und Schmerz, und beißt im Flug tief in Bachs Oberschenkel. Und schon ist er weg, der Hund.

Bach sieht sein Blut. Er sagt gerade noch: »Ich hab's ja gewußt.«

Dann wird ihm übel, er kollabiert.

Die Schwebende entdeckt ihn zuerst auf dem Waldweg. Sie knotet ihr Kopftuch um seine Schenkel, dann packen beide Frauen den Verletzten unter den Armen und zerren ihn so fünfhundert Meter bis zum Waldrand, über die Straße bis zum Schlagbaum. Jeder sieht, daß er Ausländer ist, also gehört er hierher.

Sie legen ihn dort ab und machen die Wache verantwortlich. Die Schwebende läßt ihm das Kopftuch. Der Posten kratzt sich hinterm Ohr, raucht, und fragt sich müde, wen er benachrichtigen soll. Ein deutscher Physiklehrer findet ihn schließlich auf seinem Weg zur Schule. Er will heute die Lichtgeschwindigkeit messen lassen. Für diesen Versuchsaufbau muß er mindestens sechs Spiegel justieren, deshalb ist er schon früh unterwegs. Nun aber geht natürlich der bekannte ETN-Korrespondent vor, der da ohnmächtig und blutend vor dem Wachhäuschen liegt. Macht er die Lichtgeschwindigkeit halt nächste Woche. Macht er heute *Licht: Korpuskel oder Welle?* Ist egal. Lehrer sind ja flexibel.

Er ruft also vom Wächterhäuschen die Schulverwaltung an. Die Frau dort kann schließlich russisch und ruft einen Krankenwagen.

Bach wacht auf. Der Mops ist ihm entfallen. Er sieht sein Blut am Oberschenkel und sagt: »O mein Gott!«, obwohl es gar nicht so weh tut. Atmet tief aus und schließt die Augen.

Der Physiklehrer ist erschüttert. Jetzt stirbt der! Und er ist dabei!

Darum setzt er sich auf den Bürgersteig neben den Schlagbaum. Zerrt Bach auf seinen Schoß und hält ihn fast zärtlich im Arm. Streichelt ihm über die Haare und tröstet ihn: »Gleich kommt der Onkel Doktor, der wird Ihnen helfen. Ich bin ja da.«

So kommen beide in die Zeitung. Erst in die Sächsische, denn der Kollege kommt zufällig und ausgeschlafen vorbei und hat auch gleich einen Fotoapparat mit.

Deutscher TV-Korrespondent blutend im Wald gefunden!

Der Springer-Auslandsdienst hat's bei den Sachsen gelesen. Das Hamburger Abendblatt titelt:

TV-Reporter von russischen Hunden gehetzt. War es die Mafia?

Schließlich übernimmt BILD:

GEMEIN!

TV-STAR wird Krüppel IM RUSSENWALD!

KAMPFHUNDE DER RUSSEN-MAFIA

ZERFLEISCHEN BEIDE BEINE!

Untertitel mit Foto:

DIESER TAPFERE LEHRER RETTET SEIN LEBEN!

Was die Exfrau des Physiklehrers so gewaltig beeindruckt, daß sie sich entschließt, ihn nach Hannover zurückzuholen. Der Lehrer wird seinen Dienst in Moskau wegen seelischer Zerrüttung quittieren; die Sache mit Bach und der Mafia habe ihn sehr mitgenommen (welche Mafia? fragt er sich noch heute).

Er wird als Frühinvalide anerkannt und lebt wieder glücklich vereint mit seiner Lollo, die eine Boutique in der Georgstraße führt. Im Laden hängt ein Foto links neben der Kasse: Bach im Schoß des Lehrers; rechts alle Zeitungsausschnitte. Wenn einer

Lollo darauf anspricht, sagt sie: »Mein Mann war daran beteiligt!« Und sie erzählt die ganze Geschichte noch mal:

Wie ihr Mann sogar im Fernsehen war, in *Dynamit*. Und den Schlagbaum gezeigt hat und den Wald, wo sie den Auslandskorrespondenten gefunden haben. Und wie der Auslandskorrespondent sich nicht hat einschüchtern lassen von den Kampfhunden und später doch den Film gemacht hat über die Mafia. Obwohl der Chef von diesem Auslandskorrespondenten in *Dynamit* gebeten und gebettelt hat, daß er die Finger von der Russen-Mafia lassen soll. Sagt Lollo.

Kaum hatte *Dynamit* den Chefredakteur interviewt, ruft der bei Bach in Moskau an: »Ein Reporter wie du läßt sich doch nicht so einen Knaller entgehen, nicht wahr? Vollblutjournalist, der du nun mal bist! Jetzt verstehe ich endlich, warum du so nervös warst in den letzten Wochen. Wer unter so einem Druck steht; das kann man ja nicht ahnen. Warum hast du mir nichts davon gesagt? Bekommst doch jede Unterstützung, die du brauchst. Willst du einen Bodyguard? Wir zahlen das. Wann ist die Geschichte fertig? Das bringen wir ganz groß!

Ach, und übrigens: Steffen Raider hat sich Erziehungsurlaub geben lassen. Hahaha! Erziehungsurlaub! Kinder hüten, hahaha! Raider, der Pausensnack!«

Dann ruft auch noch Hansaplast bei Hella an, ob Bach schon an Werbung gedacht habe. Sie würden ihm mal ein Angebot machen.

Aus all diesen Gründen hat Bach dann tatsächlich in *Dynamit* gesagt: »Ich beuge mich nicht der Gewalt. Ich bin Reporter, kein Angsthase. Ich lasse mich von niemandem einschüchtern.« Mittlerweile glaubt er sogar selbst, eingeschüchtert worden zu sein. »Ja, ich mache weiter.«

Womit? fragt er sich.

»Was denn für eine Mafia?« fragt Hella.

Fragt Aljoscha.

Jackie strahlt: »Mafia is geil, eij! Subber.«

5

ALJOSCHA HATTE SICH eine normale Liebesgeschichte vorgestellt: Sehnsucht. Gieriges Warten. Sich verzehren. Auf verstohlene Blicke warten und ihr rote Nelken kaufen. In den Mantel helfen, die Tür öffnen und davon träumen, daß sie beißt in der Nacht.

Nichts.

Ausländer haben keinen Sinn für Romantik! Fragt ihn die Frau doch tatsächlich: »Willsten Bier?« Niemals würde eine russische Frau mit einem Mann ein Bier trinken gehen, geschweige denn einem Fremden eins anbieten. Dazu noch in ihrer Wohnung. Allein!

Zögernd ist er reingegangen. *Nichts* hat er gewollt, im Prinzip. Aber wenn sie *so* kommt: »Haste Bock, vorher noch zu baden?« Aljoscha war von Sinnen vor Begeisterung.

Hella erzählt er: »Was glaubst du, was die in ihrem Koffer hatte?«

»Was hatte sie im Koffer, Aljoschinka?« Hella singt die Frage und grinst ihn gekünstelt an.

»Nichts«, antwortet er. »Kein Hemd, keine Hose, fast nichts hatte die im Koffer. Hundert Backsow umsonst ausgegeben, von meinen Mühen ganz zu schweigen.« Aljoscha ist beleidigt. Der kleine Dieb vor dem Hippodrom hatte ihn getäuscht mit der teuren Unterwäsche, die angeblich im Koffer war, und er war drauf reingefallen. Das ärgert ihn mehr als alles andere.

»Du mußt doch was gemerkt haben am Gewicht«, wundert sich Hella. Da lehnt sich Aljoscha zu ihr über den Schreibtisch: »Da waren nur zwei Wolldecken drin. Aus Kamelhaar!«

»Das ist doch was«, staunt Hella.

»Die ist verrückt«, meint Aljoscha. »Sie sagt, sie habe Angst, in Moskau zu erfrieren. Deshalb die Decken.«

»Süß!« Hella kichert. »Ist das niedlich! Und was will sie anziehen?«

»In *meinem* Schrank wühlt sie herum und holt sich die schlimmsten Sachen heraus.« Aljoscha berichtet wie ein Ethnologe, der eine Feldstudie betreibt: »Sie flucht wie ein Bauer. Sie ißt wie ein Pferd; nur Wasser, Äpfel und Körner. Sie will, daß ich den Schädel rasiere und nur vorn einen Püschel stehen lasse. Ich soll dreimal täglich Zähne putzen, in meine Hosen Löcher schneiden, und morgens mit ihr joggen.«

»Aljoschinka, warum läßt du nicht einfach die Finger von ihr?« ermuntert ihn Hella.

»Sie ist so ganz anders«, schwärmt er. »Das Gegenteil von allem, was ich bisher kannte. Leben wollte ich nicht mit ihr. Aber sie zu erleben, ist eine Wucht!«

Tage später jammert Aljoscha weiter: »Was glaubst du, was die wollte, als wir Granatäpfel an der Straße gekauft hatten und sich später herausstellte, daß sie innen allesamt faul waren?«

»Was wollte sie, mein Herz?« lächelt Hella geduldig.

»Reklamieren!« Er jubelt es heraus, dieses Wort. »Reklamieren!«

Das findet auch Hella sehr witzig. Es gibt nichts Komischeres als *Reklamieren* in Moskau. Der Händler würde sich im Staub wälzen vor Vergnügen, wollte man ihm damit kommen.

»Dann hat sie gefragt, ob es bei uns keinen Verbraucherschutz gäbe? Oder so 'ne Art Stiftung Warentest!«

Hellas Augen tränen vor Lachen: »Hör auf, Aljoscha. Ich kann nicht mehr.« Aber Aljoscha macht erbarmungslos weiter: »Oder ein Gewerbeaufsichtsamt!«

Bach ist noch im Krankenhaus, und sein Kameramann Ivan hat sich einen Hund angeschafft. Bis das Tier aufs Wort gehorcht oder der Chef gesund wird, kommt Ivan nicht zurück. Der russische Hund wird übrigens auf das wunderschöne deutsche Wort *Fass!* abgerichtet, wenn er zubeißen soll.

Einzig Hella sitzt weiter brav im Büro, quält sich mit Abrechnungen und muß sich nun auch Jackies Erzählungen anhören: »Was glauben Sie, wie der Typ durch die Straßen fegt?« erzählt sie ihr nach einer Fahrt mit Aljoscha.

»Aljoscha fegt die Straßen?« stellt sich Hella absichtlich dumm.

»Fegt! Fährt«, erklärt Jackie. »Rast wie ein Bekloppter. Zwei durchgezogene Striche sind auf der vierspurigen Straße. *Zwei! Durchgezogen!* Und was macht der Irre? Fährt drüber, überholt einen Stau auf der linken Spur der Gegenfahrbahn. Ham 'se so was schon mal erlebt? Und soll ich Ihnen mal was sagen? Die andern Irren fahren alle hinter dem her. Hat der doch glatt 'ne neue Spur aufgemacht! 'NE GANZE SPUR VOLLER GEISTERFAHRER!«

»Ja«, tröstet Hella.

»Und meinen Sie, dem macht das was, wenn 'ne Ampel rot ist? Das macht dem gar nix. Und wenn Fußgänger über die Straße wollen, meinen Sie, der hält an? Der hält nicht an. Die springen vor Angst innen Graben, wenn der kommt.«

»Ja, ja«, sagt Hella nun fast ernst. »Das machen hier alle so.«

»Und dann diese bescheuerte Sirene! Überhaupt dieser ganze Krankenwagen! Ich soll'n Schwesternhäubchen tragen. Der hatt'se doch nicht mehr alle. Dann wieder soll ich auf schwanger machen und hecheln, wennen Milizionär anhält und abkassieren will. Ich soll mir mit Ketschup die Haare versauen, damit ich ausseh wie als ob ich blute. Bloß damit der weiter mit hundert Sachen durch die Stadt brettern kann, ohne Strafe zu zahlen.

Und wenn der'n Einbahnstraßenschild sieht, das rote mit dem Balken, dann fährt er erst recht durch! Sacht, das sei hier ein Hinweisschild für den besseren Weg. Wenn der bei uns nur fünf Minuten so fahren würde, der wär im Knast. Garantiert.«

»Ich kannte mal einen«, sagt Hella ungerührt, »der war jüngster Sohn eines Traktoristen der Moskauer Kolchose *Die Enthusiasten* für Sellerie und Spinat. Der Vater Frühinvalide, seine Mutter litt nach der sechsten Abtreibung an Ganzkörper-Frigidität und Sehschwäche. Die schulischen Leistungen waren insgesamt schwach, aber er war 1981 Bezirksmeister der Junioren über fünftausend Meter Hürden.

Hat Bügler gelernt in den Garderoben des Bolschoi-Theaters und später mit dem Verkauf von Theaterkarten vor dem Hotel Metropol ein kleines Vermögen gemacht. Sich davon in Polen einen 280-SEL silbermetallic mit Düsseldorfer Nummernschild erworben.

Wegen eines frühen Prostataleidens und einer latenten Herzklappenschwäche und weil er eh ohne Frau und Kinder war, ist er durch Moskau gerast, so schnell er konnte. Ohne Ziel. Niemand wartete auf ihn. Gerade deshalb fuhr er ja so schnell.

Keiner redete mit ihm. Gerade deshalb hielt er sich ein Spielzeug- Handy ans Ohr und quatschte Dreck in die Luft.

Und mein eigenes Kind, damals erst sieben Jahre alt, von gutem Sellerie und Spinat groß geworden, fuhr er so zu Brei. Hatte sich endlich am Leben gerächt.«

Hella schweigt. Sitzt zusammengesunken wie um Jahre gealtert am Schreibtisch und scheint endlos weit weg zu sein.

Jackie räuspert sich: »Ich dachte, Sie ...«

»Dem Richter hat er das Auto vermacht«, unterbricht sie Hella. »Deshalb ist er ohne Strafe davongekommen.«

»Aljoscha sacht, Sie hätten gar keine Kinder!«

»Ach, was weiß der schon.«

Jackie starrt Hella an. Fürchtet, sie heule gleich los; geht deshalb diskret und ohne ein weiteres Wort aus dem Büro.

Als die Tür sich hinter Jackie schließt, lächelt Hella: »Ich schaff sogar das ernste Fach«, lobt sie sich stolz.

Da kommt Pjotr. Schweißgebadet, die Hände schwarz von Motorschmiere. Der Volvo sei stehengeblieben.

»Und?« sagt Hella.

»Der Bordcomputer zeigt an, daß die Lamdasonde hin ist«, berichtet er erschöpft.

»Pjotr, wozu braucht man eine Lamdasonde?«

»Die gehört zum Katalysator.«

»Aber wir haben doch gar keinen Katalysator im Wagen. Der wurde doch ausgebaut, weil es in Rußland kein bleifreies Benzin gibt.«

»Richtig. Aber wir haben eine Lamdasonde. Die brauchen wir zwar nicht, aber sie ist kaputt.«

»Wenn wir sie nicht brauchen, warum sollten wir sie reparieren?«

»Weil der Bordcomputer nicht weiß, daß wir die Lamdasonde nicht brauchen in Rußland. Solange er meldet, daß da was kaputt ist, macht er keinen Mucks mehr. Stellt seine gesamte Elektronik ab und will repariert werden.«

Hella atmet tief durch. Ruhig: »Pjotr. Laß den Volvo reparieren. Hauptsache, er fährt wieder.«

Pjotr telefoniert, kommt zu Hella zurück und meint: »Montag in drei Wochen haben wir um halb vier einen Termin in der Werkstatt.«

»Pjotr, was denkst du dir? Montag in drei Wochen willst du anfangen? Und dann erst wird Volvo ein Ersatzteil bestellen, das dauert wieder drei Wochen. Und womit sollen wir in der Zwischenzeit fahren?«

»Aber die Werkstatt hat gesagt ...«

Hella unterbricht ihn schroff: »Mir ist egal, was die sagen. Ich sage, das Auto wird repariert. Jetzt! Wie du das machst, ist deine Sache. Klar?«

Pjotr kratzt sich am Haaransatz, legt die Stirn in Falten und denkt nach. Immer nur Probleme hat er mit den Ausländern! Die können nicht warten. Darin sind wir Russen ihnen weit voraus.

Trotzdem ruft er nochmal in der Werkstatt an. Bietet Geld, wenn einer heute nach Feierabend ... und hat den Termin.

Am nächsten Morgen kommt Jackie früh ins Büro gestürmt und fragt Hella, die eigentlich in Ruhe arbeiten will: »Was glauben Sie, mit was der gurgelt?«

»Mit was gurgelt er denn?« *Da* haben sich zwei gefunden, denkt Hella.

»Kommt der Sonntag abend bei mir vorbei. Hat rotunterlaufene Augen wie ein Cockerspaniel kurz vorm Eingeschläfert-werden und ne Fahne, die bis nach Sibirien reicht, aber behauptet glatt, nicht das Geringste getrunken zu haben. Will mit mir im Krankenwagen in die Disco, in dem Zustand. Ich sach, du stinkst doch nach Wodka! Aljoscha meint, das habe er gleich, und gurgelt mit After Shave! Ham 'se so was schon mal erlebt?«

»Ja«, nickt Hella. »Das macht hier jeder.«

Pjotr kommt und strahlt. Der Volvo fährt wieder.

»Wie hast du das gemacht?« Selbst Hella staunt.

»Man muß nur den Kontrollbefehl im Bordcomputer löschen. Damit der weiß, daß wir die Lamdasonde gar nicht brauchen. So schaltet sich die gesamte Elektronik wieder ein, und der Wagen läuft. Ich hätte vier Tage auf den Fachmann warten müssen, der das programmieren kann. Aber gestern nacht um halb eins kam plötzlich sein Lehrling, der hatte schon eine Menge Wodka drin, aber konnte noch lallen: ›Wetten, für drei Flaschen schaff ich das auch?‹«

»O Mist!« ahnt Hella.

»Und hat's geschafft!« ruft Pjotr.

»Toll«, staunt Hella.

»Bloß«, gibt Pjotr zu, »jetzt geht das Radio nicht. Hat er wohl mitgelöscht.« Und geht.

Aljoscha kommt: »Was glaubst du, was die macht, wenn sie durch Moskau läuft?«

Hella stöhnt.

Aljoscha ignoriert es: »Sie sucht den richtigen Akzent.«

»Sie sucht den was?«

»Den Akzent. Sie sagt, das ist ein Musiktitel, der zu ihrer Stimmung paßt. Sie will, daß ich Bescheid sage, wenn wir zum Roten Platz kommen. Kurz davor muß ich sagen: Hinter dieser Ecke ist er.

Dann schaltet sie ihren Walkman ein. Für den Roten Platz nimmt sie ein Lied von *A-HA* als Akzent: *Take on me*. Und geht mit diesem Titel im Ohr auf dem Roten Platz herum. Schaut sich um, tanzt sogar, und sieht selig aus. Ist diese Musik zu Ende, gibt es keinen Roten Platz mehr, obwohl sie noch dort steht. Sie nimmt die Kopfhörer runter und fragt: »Was seh ich nu«?

So geht das die ganze Zeit! Für den toten Lenin im Mausoleum nimmt sie wahrhaftig *Bombastik, he is phantastik, a lowa lowa*!« Hella lacht laut: »Gott, das ist gut!«

»Das ist ...« Aljoscha war immerhin mal Pionier, »so was tut man nicht. Ich frage sie, ob sie nicht mal was ohne Akzent ansehen kann. Da fragt sie: ›Wozu?‹«

»Süß!« Hella kichert.

»Ich war mal mit einem Amerikaner zusammen, Ted hieß der«, erinnert sie sich. »Weißt du, was der gemacht hat?«

»Was hat er gemacht?« fragt Aljoscha.

»Ich kam in sein Arbeitszimmer und sprach ihn an, aber er bemerkte mich nicht. Hatte Kopfhörer auf und war mit einem langen Kabel an den Plattenspieler angeschlossen. So durchschritt er in seltsam staksigen Schritten den Raum. Grüßte mit leicht erhobener rechter Hand die Massen.

Ich dachte, die Amis spinnen eh, aber meiner spinnt erst recht. Stellte mich direkt vor ihn hin.

›Was ist denn?‹ fragte er ärgerlich.

›Was läufst du wie ein Storch?‹ fragte ich.

›Ich spiele Krönung‹, antwortete er. Stöpselte die Kopfhörer raus und ich hörte mit einem Schlag sehr laut das Ende von Händels Feuerwerksmusik. Trommelwirbel, Bläser, Hymnen dröhnten. Bombastisch menuettich, das Ganze.

In diesem Rhythmus auch Ted: Tamm-ta, Tamm-ta. Schritt weiter die Ehrenformation ab und grüßte militärisch. Dann gab er sich den Massen hin. Rechts gewunken: die Plebejer jubelten. Links gegrüßt: der Adel verbeugte sich. Brausender Applaus donnerte für das London Symphony Orchestra. Ted verneigte sich zum Schlußakkord, betrachtete sich selbst als der Gefeierte.

›Sach ma ... brauchste Aspirin?‹ Ich war erschüttert!

›Nein, wieso?‹ sagt er. ›Mir geht's prima.‹ Ted atmete tief ein und sagte: ›Ich sprühe vor Inspiration.‹

›Ahh ja.‹ Ganz vorsichtig sagte ich das.

Mein Ted erklärte mir, er bereite sich mit Händels Hilfe auf Triumphe vor. Ich wüßte doch, die Sitzung heute nachmittag!

Ich schwieg.

Wenn er dagegen Ruhe brauche, so eine Art beschützendes Mutter-Kind-Gefühl suche, nimmt er den Titel davor, die Alla Siciliana. Dauert nur knapp drei Minuten, aber er fühle sich danach regelrecht wie an einer vollen Brust gestillt. Ob ich es auch mal probieren wolle? Er reichte mir die Kopfhörer. Ich schüttelte den Kopf. Gott, was war der irre!«

»Was ist aus Ted geworden?« fragt Aljoscha.

»Ted! Kennst du doch!« Hella grinst Aljoscha an. »Ted Turner. Dem gehört heute CNN.«

Aljoscha schüttelt vergnügt den Kopf. »Deine Geschichten, also weißt du ...«

Hella fragt ehrlich besorgt: »Sag mal, Aljoscha. Du weißt, daß sie dich nur benutzt?«

»Ja«, antwortet er. »Sie will mal was mit einem Russen haben.«

»Und?«

»Ich will mal was mit einer Deutschen haben.«

Hella ist erleichtert: »Ich hatte schon befürchtet, daß du dir wieder dein Herz brechen läßt.«

Tage später fragt Jackie: »Wissen Sie, was der macht?«

Hella lächelt geduldig. »Was macht er, junge Frau?« Vielleicht stellt Kirch sie als Persönliche ein. Man weiß nie, wozu Freundlichkeit einer Praktikantin gegenüber gut ist, die mit Kirchs Enkel Abitur gemacht hat.

»Urkundenfälschung!« stellt Jackie fest.

Hella runzelt die Stirn. Das wär allerdings für *Aljoschas* Karriere im Hause Kirch nicht gut.

»So so, was fälscht er denn?« fragt sie vorsichtig.

Jackie zeigt ihr drei Zettel. Schreiben von ETN an den russischen Zoll, ein russisches Handelshaus und einen DUMA-Abgeordneten. Alles ordentlicher Schriftverkehr aus Aljoschas Hand. Hella kann nichts daran aussetzen.

»Und?« fragt sie.

»Sehen Sie sich mal die Stempel an!« Jackie zeigt stakkato-klopfend auf die runden roten Exemplare.

»Was ist damit?«

»Sonst versteh ich ja den ganzen Kram nicht, ist ja alles auf russisch. Aber die Stempelaufschriften sind deutsch. Auf dem für das Handelshaus steht: *Irrsinns-Production e.V. Ost – West*, auf dem für die DUMA *Oma ist die Beste ETN-TV*, und für den Zoll stempelt er *Beklaut Euch doch selber GmbH.*«

»Na und?«

»Man kann doch auf'n Stempel nicht schreiben, was man will!«

»Wieso nicht?«

»Weil 's eine Urkunde ist. Ein Stempel ist nicht irgendwas, sondern quasi was Wichtiges.«

»Wer sagt das?«

»Hat denn noch keiner was gemerkt?«

»Schätzchen! In Rußland bemerkt man nur den Stempel an sich. Hauptsache, du hast überhaupt einen. Was draufsteht, ist völlig belanglos. Viel wichtiger ist, daß er rund ist. Und rot! Nichts ist schlimmer als ein schwarzer eckiger! Aljoscha macht sich hier ein bißchen lustig über diesen Affentanz.«

»Wahnsinn!« staunt Jackie. Und gewöhnt sich langsam an diese Stadt. »Aber verstehen werd ich die Russen nie.«

»Ich sag dir was, das ist aber nicht von mir, sondern von einem amerikanischen Botschafter, der mal in Moskau gearbeitet hat. Er sagt, es gibt zwei Möglichkeiten zu erkennen, wann jemand lügt. Erstens, wer vorgibt, eine ganze Nacht lang Champagner zu trinken, ohne davon betrunken zu werden. Oder zweitens, wer behauptet, er verstehe die Russen.«

»Das ist gut«, lächelt Jackie.

»Find ich auch«, freut sich Hella. Und findet nach und nach Gefallen an der Kleinen.

6

Sie haben sich ein eigenes Besprechungszimmer eingerichtet und es abhörsicher abschirmen lassen. Über einen gesonderten Zugang kann Kabantschik unbemerkt aus seinem Büro im dritten Stock in diesen Raum gelangen.

Barjuschin erwartet ihn dort. Er sitzt am Tisch, zupft sich nervös seinen schwarzen Vollbart und liest die Akte, die er selbst geschrieben hat, zum x-ten Mal durch. Er schwitzt; sein Gesicht ist so naß, daß seine schwere Hornbrille nach vorn auf die Nasenspitze rutscht.

Mitte April sind die Heizungen noch an, aber es gibt keinen Knopf zum Abdrehen. In ganz Rußland kann man nirgendwo einen einzigen Heizkörper regulieren. Die Raumtemperatur wird im Jahre 5 des russischen Kapitalismus immer noch nach Plan reguliert, am 1. Oktober an – und am 1. Mai ausgestellt. Moskau erlebt gerade den heißesten April aller Zeiten; draußen sind 25° Celsius, aber die Heizungen kochen weiter.

Das Besprechungszimmer hat aus Sicherheitsgründen auch keine Fenster. Als Barjuschin schreiben will, läuft ihm der Schweiß an den Fingern runter, die Tinte verwässert, und die Buchstaben verschwimmen.

»Sabotage!« schimpft er.

Der General kommt im Unterhemd; sieht Barjuschin schwitzen und donnert ihn an: »Zieh dich aus, du Spinner. Was sitzt du hier im Jackett rum!«

Barjuschin rührt sich nicht. »Geht schon.« Er zeigt unter den Tisch. Dort stehen zwei Schüsseln mit Wasser. In einer stecken Barjuschins Füße. »Wenn Sie erlauben, hier ist noch eine zweite Schüssel für Sie.« Kabantschik setzt sich, zieht die Schuhe aus und hält seine Füße ins kalte Wasser.

»Gut ist das. Fang an.«

»Wir haben einen Verrückten gefunden, der Sie interessieren

könnte«, beginnt Barjuschin. »Ein deutscher Fernsehkorrespondent läuft mit der Kamera durch die Stadt und sucht dilettantisch *die* Mafia, wie er sich ausdrückt.«

Der General lächelt nachsichtig, als sei von einem Freund die Rede: »Ausländer. Was wissen die schon.« Bei diesen Worten wischt er mit der Hand über den Tisch, als fege er Brotkrümel weg.

»Der Mann ist ein Furz, ein Schnäuzer mit Halbglatze und Muskelschwund. Aber sein Sender so groß, daß er uns nützlich werden könnte.«

»Für wen ist er hier?«

»ETN.«

»Nur europaweit? Mir wäre CNN lieber. Wir müssen genügend Beachtung finden, sonst macht das alles keinen Sinn«, antwortet der General.

»Das ist wahr«, sagt Barjuschin. »Das Interessante an dem Mann ist, daß er vor drei Wochen weltweit in die Schlagzeilen gekommen ist, weil er angeblich von der russischen Mafia ermordet werden sollte. Er habe Material, behauptet die Presse, das so brisant sei, daß russische Köpfe rollen werden.«

Kabantschik schaut gierig auf: »Was hat er?«

Barjuschin lächelt: »Nichts hat er.« Er bemerkt, daß der General dennoch ungläubig schaut. Darum wiederholt er: »Nichts! Überhaupt nichts. Wir sind seit Wochen an dem Mann und seinem Büro dran. Deshalb waren wir auch so überrascht von dem Pressewirbel. Nichts hat der Irre, und niemand hat ihm was getan.«

»Aber woher kommen die Schlagzeilen?« fragt Kabantschik.

»Ehrlich gesagt, wir haben keine Ahnung. Aber Anlaß zu glauben, der Mann hat sich das aus den Fingern gesogen.«

»Wozu?«

»Um sich wichtig zu machen«, antwortet Barjuschin.

Kabantschik kann seinem Berater endlich folgen: »Und nun sucht der Mann Fleisch in seiner dünnen Suppe?«

Barjuschin ist erleichtert: »Genau das. Wir können ihm unterschieben, was wir wollen. Der frißt uns aus der Hand.«

Der General nimmt seine Füße aus der Schüssel und trocknet sie ab. Jetzt wird er wieder ganz Offizier: »Gut«, befiehlt er, »treffen wir uns mit ihm im *U Babuschki*, morgen abend.«

Er steht auf und will zurück in sein Büro.

Barjuschin schreckt schnell hoch, steht noch in seiner Schüssel, als er zum Abschied militärisch grüßt. Der General dreht sich in der Tür um und lacht Barjuschin an: »Wir machen etwas Spektakel, um ihn zu beeindrucken. Bestell ein paar Kapuzen dazu.« Dann verläßt er den Raum.

Barjuschin mag diesen General. Kabantschik ist der einzige lebende Russe, der wichtige Besprechungen kurz halten kann. Allein dafür, so glaubt Barjuschin, gehört er an die Macht.

Wenn nicht, schadet es auch nicht. Barjuschin hat gelernt, verschiedene Wege gleichzeitig zu gehen. *Varianti* ist ein Lieblingswort des Russen.

»Was ist das für einer?« fragt Bach Aljoscha, als er die Einladung von Kabantschik per Boten erhalten hat.

»Ein Zwei-Sterne-General, der an der Akademie des Generalstabes lehrt. Das ist das riesige weiße Gebäude hinter Ihrer Metrostation.«

»Welches ist denn meine Metrostation? Ich fahre nie Metro«, fragt Bach.

»Jugo-Sapadnaja«, antwortet Aljoscha verzweifelt. »Wenn Sie je Metro fahren würden, wäre das Ihre Station auf dem Weg nach Hause. Sie wohnen dort.«

»Und was passiert in dieser Akademie hinter meiner Metrostation?« fragt Bach genervt. Aljoscha redet immer so, als solle sein deutscher Chef all das tun, was Russen auch tun. Metro fahren, Borschtsch essen und heulen, wenn man über seine verstorbene Mutter redet. Dabei lebt seine Mutter ewig und verpraßt sein sauer verdientes Geld in einem Seniorenstift in Bad Wildungen.

»Die Akademie bereitet die Elite der russischen Armee auf Führungspositionen vor«, erklärt Aljoscha. »Wer hier nicht war, besitzt keinen Status in der russischen Armee; selbst wenn der

Präsident ihn zum Verteidigungsminister macht. Kabantschik ist um die fünfzig, hat aber schon weißes Haar.« Jetzt lacht Aljoscha auf: »Man erzählt sich, er habe in Afghanistan die Wahl gehabt: scheißt er in die Hose vor Angst oder glauben seine Haare dran. Er habe die Haare gewählt.«

Bach ist irritiert: »Woher weißt du denn das?«

»Ein Cousin von mir wurde da ausgebildet. Von ihm weiß ich, daß Kabantschik der Lieblingsdozent der Offiziere gewesen ist, eine wunderbar klare Stimme hat und ein ausgezeichnetes Russisch spricht.«

Bach unterbricht ihn: »Was soll er denn sonst sprechen?«

Aljoscha staunt und ärgert sich. Dieser Mann lebt seit Jahren in Rußland und spricht kaum ein Wort Russisch.

»Die russische Intelligenzia beurteilt einen Menschen nicht nach dem, was er besitzt, sondern wie er spricht«, sagt Aljoscha. »Eine besonders kultivierte Sprache ist treffend, aber gleichzeitig verständlich. Große russische Dichter haben sich nie kompliziert ausgedrückt, sondern präzise und einfach. Eine Sprache dient allen; sich ihrer vollkommen zu bedienen, gelingt nur den Besten.«

Bach spürt nicht mal, daß Aljoscha ihn gerade versteckt kritisiert. Bach hält sich nämlich für einen Intellektuellen. Damit das jeder merkt, spricht er auf dem Bildschirm so unverständlich, daß kein normaler Mensch ihn versteht. Aljoscha mißachtet so etwas als Unvermögen.

Bach läßt sich später von Pjotr die Akademie zeigen. Es ist ein achteckiges Gebäude; Pjotr nennt es der russischen Logik gemäß Pentagon. An der Außenseite des Daches sind rundum Türmchen, die wohl absichtlich an Raketenabschußrampen erinnern. Halb geöffnet ragen sie in den Moskauer Himmel, pioniergleich allzeit bereit.

Pjotr hat Mühe, das Restaurant *U Babuschki* zu finden. Die Straße Bolschaja Ordynka kennt er natürlich, aber er fährt ständig am Haus vorbei. Nummer zweiundvierzig ist eine Baustelle.

Erst als Bach mit Pjotr zu Fuß in den Hof geht, sieht er einen silberfarbenen BMW mit drei Buchstaben am Nummernschild. Was bedeutet, daß dieses Auto kein Privatwagen ist. Und hinten rechts findet Bach den beschriebenen schmiedeeisernen Bogen, der in das Kellerrestaurant führen soll.

»Fahr den Volvo hier rein und warte auf mich«, bittet er. Pjotr ist es seit dem Mops sehr unbehaglich: »Daß Ihnen bloß nichts passiert.« Womit er eher sich selbst meint.

Am Ende der Treppe ist links unten eine Tür geöffnet. Bach schaut rein und sieht eine kleine schmierige Bar. »Hier kann das doch nicht sein!« denkt er.

Drauf und dran, schon zu gehen, spricht er doch noch den jungen Mann hinter dem Tresen an. »Restaurant?« Der weist stumm auf die andere, geschlossene Tür rechts von der Treppe.

Bach ist ebenso überrascht wie andere, die zum ersten Mal hierher kommen. So ein Loch, und hinter dieser Tür eine andere Welt. Seidene Tapeten, antikes Mobiliar, wenige kleine Tische, gedeckt mit Kristall und Silber vom Feinsten. Kein einziger Gast ist da.

Eine schöngebliebene Frau um die fünfzig, blondierte Haare, aber dezent geschminktes Gesicht, kommt auf ihn zu.

»Ljuba mein Name, herzlich willkommen. Gospadin Bach, richtig?« Sie reicht ihm ihre Hand, und führt ihn mit sich, ohne loszulassen.

»Kann noch daitsch von Schule. Schöne Sprache. *U Babuschki* bedeitet ›Bei Grroßmutter‹«, erzählt sie ihm, als sei er zu einem Rundgang gekommen. »Ich bin natirlich nicht Grroßmutter, aber Sie werden bei mir so fühlen wie bei eigene Babuschka am Ofen.« Sie kommt ihm zu nah, wie alle Leute in Rußland. Er braucht mindestens fünfzig Zentimeter Abstand von Menschenkörpern, die Russen kommen ihm alle zu nah. Zwischen völlig Fremden liegen höchstens zwanzig Zentimeter. Zerren gar am Körper des anderen herum; furchtbar!

»Bin Schauspielerin, spiele noch immer. Schauen Sie!« Im Speiseraum hängt ihr Juwel, eine Fotografie, die sie mit Marcello

Mastroianni zeigt, Arm in Arm. Er küßt sie gerade auf die rechte Wange. Wenn Bach jetzt nicht in Verzückung geriet, würde sie ihn wieder rauswerfen. Er gerät also in Verzückung: »Oh ! Marcello Mastroianni!«

Ljuba dankt beglückt und führt ihn bis zur zweiten Tür am Ende des Speisezimmers. Dahinter ist ein separates Zimmer mit nur einem großen Tisch. Er ist bereits mit Brot, Wodka, Wasser und köstlichen Vorspeisen, den *Sakuski*, gedeckt. Ihn erwartet ein vollbärtiger dürrer Kauz. Barjuschin.

Bach geht davon aus, daß das der Übersetzer ist, dessen Anwesenheit der General angekündigt hat. Beide machen sich miteinander bekannt.

»Erklären Sie dem General«, sagt Bach, »daß ETN die Abkürzung von European Television News ist.«

Bach glaubt, dies werde ein Informationsgespräch wie jedes andere auch. Er lernt einen russischen Zwei-Sterne-General kennen, der irgendwann mal interviewt werden möchte. Und Bach soll seinen Sender repräsentieren. Das tut er routiniert:

»Die Zentrale von ETN ist in Berlin. Dort werden alle Berichte der Korrespondenten und Bearbeiter unmittelbar in die wichtigsten Sprachen Europas übersetzt und in den einzelnen Ländern getrennt gesendet. Es ist also ein Kanal, der aktuell und flächendeckend ganz Europa versorgt.«

»Nur Deutsche, die für Europa senden? Das läßt sich doch kein Franzose oder Niederländer gefallen«, meint Barjuschin.

»Nein. ETN hat Mitarbeiter aus allen Ländern. In Rom sitzt ein Franzose, in Paris ein Schwede, in Warschau ein Brite und in Moskau ich, der Deutsche.«

Barjuschin nickt. Wir haben immer die Deutschen am Hals, denkt er und schenkt Bach einen Wodka ein.

Plötzlich hören sie Lärm aus dem vorderen Teil des Restaurants. Rufe, laute Schritte.

»Erschrecken Sie jetzt nicht«, sagt Barjuschin. »Nur Routine, Sie sind bei mir vollkommen sicher.«

Die Tür wird aufgestoßen, zwei vermummte Kerle der OMON-

Elitetruppe stürmen herein, Maschinengewehre im Anschlag. Bachs Magen erleidet einen Säureschock.

Die Kerle schreien etwas, einer richtet die Waffe auf Bach und Barjuschin, der andere hebt mit dem Gewehrlauf die Tischdecke hoch und schaut darunter. Sonst gibt es nichts zu durchwühlen, das kleine Zimmer hat nur einen Tisch und zwölf Stühle. Keine zweite Tür.

Barjuschin stellt sich breitbeinig hin und breitet die Arme aus. »Machen Sie das auch. Die wollen nur sehen, ob wir keine Waffen tragen. Ich hoffe, Sie haben keine dabei?«

»Um Himmels willen, nein.« Bach stellt sich wie Barjuschin hin und läßt sich von einem der OMON-Männer durchsuchen.

»Was soll das?« fragt er Barjuschin beklommen.

»General Kabantschik kann doch nicht einfach so herumlaufen. Die hätten ihn schon längst ...« Barjuschin macht, als schneide er sich mit der linken Handfläche den Hals durch. Bach schaudert. »Und Sie hat man ja immerhin auch im Visier«, bekommt er weiter zu hören.

»Lieber Gott«, würgt Bach heraus. Der OMON-Soldat, der ihn abgeklopft hat, drückt ihn mit dem Gewehrlauf in seinen Stuhl zurück. Dann verschwinden sie. Sekunden später steht der Zwei-Sterne-General in voller Montur im Raum.

»Entschuldigen Sie bitte diese Unannehmlichkeiten«, sagt er und reicht Bach die Hand. »Kabantschik. Oleg Maximowitsch.« Bachs Hand fühlt sich an wie ein nasser Schwamm.

»Ich habe gehört, wir gehen denselben Weg«, sagt der General und setzt sich an den Tisch, Bach gegenüber. Barjuschin übersetzt synchron.

»Ach ja?« Bach kommt der Schreck, den ihm die OMON-Truppen eingejagt haben, erst jetzt richtig hoch. Er zittert sichtbar und ist leichenblaß.

»Diese Soldaten beschützen mich vor der Mafia«, sagt der General. »Sie machen doch gerade einen Film darüber, oder?« Bach denkt *Scheiß Mops, verdammter!* und antwortet: »In der Tat. Ich arbeite an einem längeren Bericht darüber.«

Während Barjuschin übersetzt, murmelt er noch: »Fast fertig.« Was nicht stimmt, aber auch keiner hört.

Der General sagt: »Sie wollen sich sicher auch ein Bild von unserer Arbeit machen, nicht wahr?«

»Nur zu gern ...«

»Ich gehe strikt und radikal gegen jede Form des organisierten Verbrechens vor. Ich bin *der* Mafiajäger Rußlands. Und weil Sie darüber berichten, denke ich, wollen Sie mich kennenlernen.«

»Ach, ja genau ...«

»Und ein Mann des Fernsehens will Bilder sehen, ist das richtig?«

»Das ist ... aber bitte.«

Die Tür geht auf ein Zeichen Kabantschiks auf. Ein uniformierter Mitarbeiter bringt wahrhaftig einen Fernseher mitsamt Videogerät herein und schließt es an. Kabantschik lächelt Bach zu: »Das Material, das Sie jetzt sehen werden, haben wir selbst gedreht oder drehen lassen. Es zeigt die Arbeit der russischen Mafia.«

Der General gibt ein Zeichen, der Mitarbeiter startet die Kassette und verläßt den Raum.

Bach sieht, wie bullige Männer auf dem Kinderstrich abkassieren. Wie sogar Bettler und Straßenmusikanten einen Teil ihrer Einnahmen abgeben müssen. Verdeckt gedreht, aber gut zu erkennen.

Bach sieht junge Frauen. Angezogen in Moskauer Wohnungen, danach nackt in Clubs. Ob in Moskau oder im Ausland, kann er nicht erkennen.

Barjuschin hilft und kommentiert: »Diese Frauen wurden als Haushaltshilfen für Deutschland angeworben. Dort arbeiten sie noch heute, aber als Prostituierte. Wir haben die Adresse des Frankfurter Bordells.«

Er sieht ein Schiff in irgendeinem Hafen und Kräne, die es beladen. »Russische Buntmetalle, deklariert als Altlast«, erklärt Barjuschin. »Auf dem Weg von Riga nach Rostock. Dort wird es umdeklariert und in die ganze Welt verkauft. Wir haben die Frachtpapiere.«

Er sieht leibhaftige Mörder, die ein Café stürmen und alles abknallen, was sich bewegt. Ungläubig mustert Bach Barjuschin. Der antwortet: »Das muß man sich vorstellen! Diese Bilder haben wir bei einem Mafioso im Safe gefunden. Der hat einen Kameramann mitgeschickt, um seine Jungs mal in Aktion zu sehen.« Bach schüttelt den Kopf. Herrlich grausam!

Er sieht wunderschön in rot-blaues Licht gesetzte Leichen; prachtvoll arrangierte Körperteile, die verbrannt, aufgeschlitzt, zerhackt oder geschält daliegen. Phantastisches Material.

Bach hört, wie die Kassette leise zurückspult. Es war Betaqualität, fernsehtauglich. Absolut ideal. Wenn er doch nur fünf Minuten davon kriegen könnte. Wenn sie's hergeben würden. Der Chef hatte gesagt, koste es, was es wolle. So was war seine zwanzigtausend Dollar wert. Zwei Minuten von der Schießerei allein zehntausend.

Die Kassette stoppt, Barjuschin nimmt sie raus, gibt sie Kabantschik. Bach starrt ihr gierig nach. Die beiden Russen bemerken es und freuen sich, wie der Deutsche angebissen hat.

Kabantschik legt die Kassette vor Bach auf den Tisch. Neben die Gürkchen.

»Schenk ich Ihnen«, sagt er.

»Was heißt das?« würgt Bach hervor. »Kann ich das senden?«

»Ja«, antwortet der General.

»Und?« fragt Bach.

»Nichts und. Ich bin wie Sie ein Gegner dieser Kriminellen, bin für ein sauberes Rußland. Ich bekämpfe die Mafia, solange ich kann«, antwortet Kabantschik.

Bach fragt: »Als was? Ich meine, in wessen Auftrag?«

»Der Armee«, antwortet er. »Die Armee hat den Auftrag, die russische Heimat vor gefährlichen Gegnern zu schützen. Die Mafia ist augenblicklich der gefährlichste Gegner meiner Heimat. Ich tue nur meine Pflicht als General.«

Bach hält die Kassette fest in seinen Händen. »Und könnte ich Sie dazu befragen? In dem Film. Mein ich.«

Kabantschik macht eine kleine Pause, lächelt ihn dann gönnerhaft an: »Aber so ausführlich wie Sie wollen, selbstverständlich«, antwortet er und blickt zu Barjuschin, der wiederum keine Miene verzieht.

Bach weiß mit den Frachtpapieren nichts anzufangen. Ohne Aljoschas Informationen ist er völlig aufgeschmissen. Er bittet Barjuschin, ihm zu erklären, was damit sei.

»Lettland war in den letzten Jahren größter Exporteur von Buntmetallen in der ganzen Welt, obwohl es selbst nichts davon fördert«, erklärt ihm Barjuschin freundlich. »Die Rohstoffe kommen alle aus Rußland; zum Teil offiziell, zum Teil mit gefälschten Papieren. Nicht beweisbar, aber wahrscheinlich ist, daß ehemalige hohe KGB-Offiziere aus Lettland damit ein Geschäft machen. Was bleibt ihnen anderes übrig? Sie wurden durch Lettlands Unabhängigkeit arbeitslos – hochqualifizierte Fachleute mit Verbindungen zum Moskauer Apparat. Da bietet sich so was an. Die Kopie der Frachtpapiere nennt einen Reedereiauftrag von zweitausend Tonnen Schrott und den Bestimmungsort Göteborg. Sie haben gesehen, die Aufnahmen wurden mit einer Video-High-8 gedreht. Mit Datumsangabe von vorgestern. Es ist die unter lettischer Flagge fahrende *Jurmala*. In drei Tagen wird sie aber nicht in Göteborg, sondern im deutschen Rostock einlaufen. Die Einfuhrpapiere reden von achtzehnhundert Tonnen Buntmetall. Fahren Sie hin und drehen Sie im Rostocker Hafen – die *Jurmala* wird ruhig auf Ihre Kamera zufahren, während Sie an der Kaimauer den staunenden Zuschauern verraten, was Sie wissen.«

Wenig später ist Bach auf dem Weg nach Hause. Als er hinter dem Hotel Baltschug Kempinski am Fluß entlangfährt, läßt er Pjotr anhalten und pinkelt an die Kaimauer.

Am gegenüberliegenden Ufer liegt der Kreml. Die goldenen Türme strahlen, in der Nacht von mächtigen Scheinwerfern beleuchtet. Bach schließt die Augen, atmet tief ein und aus. Sein Puls rast. Er schüttelt den letzten Tropfen ab und macht die Hose zu.

»Großer Lenin«, denkt er, »ich habe auch mal einen Joker gezogen.«

7

Jackie Tannenbaums Laufbahn als Journalistin begann, als sie zum dritten Mal beim Ladendiebstahl erwischt wurde. Das Gericht verurteilte sie damals zu einer Sozialstrafe von zehn Wochenenden Omas waschen und füttern im Altersheim. So hat sie Bachs Mutter im Bad Wildungener Stift kennengelernt. Was für ein Glück!

Saß diese Alte auf der Veranda bei Schwarzwälder Kirschtorte, Kaffee mit Milch und Zucker und erzählte von ihrem Leonard:

»Mein Sohn ist Auslandskorrespondent. Fernsehen. Mein Sohn ist Korrespondent im Ausland, Fernsehen, jaja. Schon mal gesehen, nicht wahr? Jaja, das ist er. MEIN Sohn. Hhm.«

Krümel fielen auf ihr geblümtes Kleid. »Mein Leonard hat sozusagen Rußland unter sich. Da kann man nicht irgendwen hinschicken. Das verlangt Rückgrat und Courage. Wir haben viel in ihn reingesteckt, er war ja unser Einziger. Leichtgefallen ist uns das nicht, aber Sie sehen ja selbst, es macht sich bezahlt.«

»Wann kommt er dich besuchen?« fragten die alten Neider. Deren Kinder hatten sie ebenfalls vergessen. »Wann?«

Dann sang die alte Bach ihr Lied und dirigierte dabei in der Luft, als sei sie irre:

»Lott' is tot.
Lott' is tot.
Jule liegt im Sterben.
Das ist gut.
Das ist gut.
Dann gibt's was zu erben.
Hosianna, wie ist das Leben wunderschön.
Hosianna, wie ist das Leben schön.«

Jackie vertraute sie an, ihren ehrenwerten Sohn seit Jahren nicht mehr gesehen zu haben: »Der meint, ich sei schon tot. Der hat vergessen, daß *ich* ihn gebacken habe.« Frau Bach schluchzte: »Ich habe sein Erbrochenes in meinen Händen aufgefangen. Seinen Popo eingeschmiert; sein Ohrenschmalz mit Öl sanft entfernt und seine Läuse mühsam aus den Haaren gekämmt. Ich habe seine Hand beim ersten Buchstaben geführt und diese häßlichen Freundinnen durchgefüttert, die er mit nach Hause geschleppt hat.« Das Parkinson-Syndrom ließ sie zittern, während sie die geballte Faust in die Höhe reckte und schwor: »Ich werde so lange leben, bis meine Pflegekosten sein Konto leergefegt haben!«

Jackie mochte Frau Bach; sie war so schön rauh: »Ich hab ihn spät bekommen, den Leonard. Er war eine Zangengeburt und ist es bis heute geblieben.«

»Was soll ich'n machen?« fragte Jackie die Alte nach zehn gemeinsamen Wochenenden. Sie erstickte in der Bad Wildungener Höhere-Töchter-Szene. Jackie hatte erst mit zweiundzwanzig ihr Abitur geschafft und hing seit einem Jahr herum, ohne was Sinnvolles zu tun.

»Mein Kind«, tröstete Frau Bach. »Du bist verwöhnt und sprunghaft. Kannst dich schlecht auf eine Sache konzentrieren. Weißt alles und nichts. Du willst von allen gelobt werden, viel Geld verdienen, aber keine Verantwortung übernehmen. Werd Journalistin!« Die alte Dame schien die erste Erwachsene zu sein, die Jackies Talente bemerkte.

Also bemühte sich Jackie um einen Praktikumsplatz beim Hessischen Rundfunk. Aber die gab es nur für Oberlippenbärte, wie Götz George oder Mark Spitz einen haben. Die zuständige Ausbildungsbeauftragte bevorzugte bei ihrer Auswahl eindeutig diesen Typ. Bis in die Frankfurter Intendanz hinein tragen die Kerle noch heute solch einen Bart!

Jackie hörte, daß dieselbe Frau vor Jahren im Sekretariat des Mainzer Instituts für Publizistik tätig war. Auch da schon! Ein wissenschaftlicher Mitarbeiter ohne Oberlippenbart wurde mit Proseminaren gequält; seine Promotion mit allen Sekretariatskräften verzögert, und er durfte nicht mit zum Frühlingsfest nach Allensbach! Was in Mainz einem Karriereknick gleichkam, der nur noch mit Kinderkriegen zu vergleichen war.

Eine Hospitanz beim Bayerischen Rundfunk gab es gegen den Nachweis, den Sohn von Annette von Aretin zu kennen und zu wissen, daß er *nicht* von Aretin heißt.

Jackie hatte keinen Oberlippenbart. Wußte nicht mal, daß Annette von Aretin während des Paläolithikums im Rateteam von Robert Lembke saß und darüber hinaus einen Film über den englischen Garten gemacht hat, der immer dann läuft, wenn eine andere Sendung kurzfristig ausfällt. Hatte praktisch nichts in der Hand.

Da kam Frau Bach mit ihrer zweiten Idee. »Mach's wie mein Leonard!« Es gäbe da einen Staatssekretär im bayerischen Wirtschaftsministerium, der auch Tannenbaum heißt. »Irgendwo gibt's immer einen, der so heißt wie du.« Und bastelte aus dem aktuellen *Who's Who* diese Seilschaft für Jackie. Weil deren eigener Papa bloß Zahnarzt in Bad Wildungen ist, was ja bekanntlich keinen juckt beim Rundfunk.

Frau Bach hatte sich die Stimme geölt und beim Chef von Radio Ruck-Zuck angerufen. Gab sich als Referentin von Staatssekretär Tannenbaum aus und schilderte die Verhältnisse.

»Aber was mach ich, wenn die im Ministerium nachfragen?« fürchtete Jackie.

»Ach was«, meinte Frau Bach. »Die machen sich ja lächerlich.«

So kam Jackie Tannenbaum an einen Job im Radio.

Sie konnte phantastisch moderieren! Beherrschte den Smalltalk wie keine andere. Redete mit Ministranten, die die Musikwünsche zusammengestellt hatten, über das heilige Sakrament, als sei das ein sonntägliches Gelage bei Lambrusco und Baguette.

Sprach mit Querschnittsgelähmten über Rehabilitationsmaßnahmen, als säßen die im Fußballstadion und machten die La-Ola-Welle.

Ihre erste Pleite erlebte sie, als im Studio die *n-1* (sprich: *en minus eins)* klemmte. Wenn man diesen Knopf drückt, kann man sagen, was man will. Auch niesen oder sich schnäuzen – der Hörer kriegt nichts davon mit. Auf der *n-1* spricht man mit dem Techniker, während das Programm vor sich hindudelt. Oder man telefoniert darauf.

Noch funktionierte *n-1*, war nicht gedrückt, und jeder hörte Jackie im Radio sagen: »Nun ein Musikwunsch von Isolde Krollpfeiffer aus Sigmaringen. Hallo, Isolde. Was wünschst du dir?«

Die Hörerin antwortete: »Also, ich heiße Isolde Krollpfeiffer und komme aus Sigmaringen. Ich grüße Radio-Ruck-Zuck und euer ganzes Team. Nämlich, ich wohne noch nicht lange in Sigmaringen. Eigentlich bin ich vor ein paar Jahren umgezogen. Ich habe früher in Reiskirchen gewohnt.«

Jackie drückte die *n-1* und giftete den Techniker hinter seinem Glas an: »Hej Fisch! Hab gehört, sie rationalisieren euch weg? Wird auch langsam Zeit. Weiß eh nicht, wozu ihr überhaupt da seid.«

Nach dieser Unverschämtheit versuchte sie das Geschwafel von Isolde Krollpfeiffer aus Sigmaringen zu unterbrechen. Aber die *n-1* war von Jackies kalter Schnauze festgefroren. Der Knopf kam nicht wieder hoch. Und Isolde Krollpfeiffer aus Sigmaringen konnte sich endlich mal nach Herzenslust aussprechen: »Reiskirchen, das liegt in der Nähe von Gießen, in Hessen genaugenommen. Ich habe mich aber schon gut eingelebt hier in Sigmaringen. Obwohl das nicht in Hessen ist, wie gesagt. Das ist hier glaube ich Bayern? Ich weiß gar nicht so genau. Ich wohne noch nicht so lange hier, wie gesagt.«

Jackie wurde puterrot im Gesicht vor Wut und Stress. Das Telefon schlug Alarm, der Chef schrie hysterisch: »Nimm die Ziege vom Sender, verdammte Hacke!«

Der Tontechniker ließ Jackie zappeln in ihrer Not. Er frohlockte an seinen Mischpulten und legte einen zweiten Hebel um. Nun konnte Jackie auch keine Musik mehr abfahren, um Isolde Krollpfeiffer aus Sigmaringen zum Schweigen zu bringen: »Ich grüße die Familie Schulz aus Reiskirchen und deren Tochter Anne Katrin, die gerade bei uns zu Besuch ist. Und die Polizeidienststelle der Autobahn A7 bei Gießen, und dann Frau Bitterfeld aus

Wiesbaden. Ferner die Sportgemeinschaft Hofgeismar, besonders die Sparte Geräteturnen. Reiskirchen hat nämlich mit Hofgeismar eine Städtepartnerschaft, wissen Sie. Daher. Aber nicht mit Sigmaringen. Und dann grüße ich noch den Kindergarten St. Johann in Reiskirchen, die eine hervorragende Betreuung für meine Tochter Jeannette-Marie haben ihr ... ehm ... angedeihn lassen.«

Locker mal fünf Minuten hatte Isolde Krollpfeiffer aus Sigmaringen Programm gemacht, als Jackie endlich wieder ans Rohr kam.

Der Chef war gerade dabei, ihr die Entlassungspapiere zu geben, wegen Unfähigkeit im Dienst, als noch am selben Tag Hunderte von Hörern anriefen und jubelten, wie *toll* das mit der Isolde gewesen sei, und wann man das wieder mache und überhaupt. So entstand eine neue Sendekonzeption. Das gesamte Morgenprogramm wurde umgeworfen, und Jackie Tannenbaum ließ Hörer sprechen.

Eine Isolde nach der andern.

Jeden Tag.

Mit umwerfendem Erfolg.

Ihr Chef dagegen zerknüllte Jackies Entlassung und kündigte sich selbst, weil er die neue Radiowelt nicht mehr begriff.

Isolde kam als Plüschtier raus und wurde Maskottchen der Sendung. Es gibt Isolde-Kaffeetassen und -Kugelschreiber. Später hat Jackie sogar eine CD davon machen lassen und verkauft.

Aber Jackie litt darunter, täglich so früh aufstehen zu müssen. Der Pförtner von Radio-Ruck-Zuck mußte laut Dienstanweisung Hauptpforte Nachtschicht prüfen, ob die Moderatorin der Frühsendung bis 5 Uhr 30 anwesend war. War dem nicht so, hatte er den stellvertretenden Abteilungsleiter aus dem Bett zu klingeln. Der schaffte das bis fünf vor sechs ohne Zähneputzen, weil er nur drei Ecken weiter wohnte, war aber derart sauer über solche Attacken, daß er jedesmal den Pförtner anschrie. Dem wurde schlecht vor Angst, und er zitterte noch Stunden danach.

Jackie kam erst gegen sechs, als die Werbung oder gar schon die Nachrichten liefen, in den Funk.

»Da sind Sie ja«, flüsterte dann der Pförtner schwach und krümmte sich vor Bauchschmerzen. »Der Verrückte ist schon drin. Sie kennen doch die Vorschriften.«

»Jetzt hören Sie mal zu ...«, sagte Jackie eines Tages. Und vereinbarte mit ihm gegenseitiges Stillschweigen und Vertrauen gegen fünfprozentige Beteiligung an ihren Honoraren.

Sie versprach, immer rechtzeitig zur Sendung da zu sein. Egal, wie spät sie reinkomme. Und der Nachtpförtner solle dafür dieses penetrante Telefonieren nach einem Ersatzmoderator lassen. Das bringe nur Unruhe in die Redaktion und schade seiner Gesundheit. So geschah es dann.

Jackie hatte unkonventionelle Methoden entwickelt, sich während der Sendung wachzumachen. Während sie zum Beispiel mit ruhiger Stimme den Hörern von der A 6 berichtete, die zwischen Wiesloch und Bad Rappenau mit einem Stau von immerhin sieben Kilometern schreckte, machte sie einen sauberen Joga-Handstand auf dem Sprecherpult. Danach war sie hellwach.

Ein andermal nahm sie ein Feuerzeug und steckte den Zettel, von dem sie die Meldungen ruhig ablas, an. Sie drehte die brennenden Notizen so geschickt, um nur das zu Asche werden zu lassen, was sie schon gemeldet hatte. Bei der letzten Meldung war der Zettel verschwunden und Jackie vom Spiel mit dem Feuer endlich wach.

Wenn morgens rein gar keine Zeit blieb, sich anzuziehen, moderierte Jackie halb nackt. Sie moderierte ungekämmt, nicht geschminkt, Zähne nie geputzt, aber sie moderierte gut.

Einmal ging's dann doch daneben. Das Wetter lief schon, aber Jackie ward nicht gesehen. Der Pförtner schaute verzweifelt durch die Glastür hinaus ins Dämmerlicht: nichts! Da krabbelte der Mann, um seine Haut zu retten, hochroten Kopfes auf allen vieren ins Studio, daß bloß der Techniker ihn nicht sah. Das Rotlicht des Studiomikrophons leuchtete schon für die erste Ansage. Jetzt sollte die Moderatorin: »Am Mikrophon Jackie Tannenbaum« sagen. Aber sie war nicht da. Deshalb streckte der Pförtner selbst seinen Kopf hoch wie eine Schildkröte und würgte ein fröhliches: »Am Mikrophon äh, Dings« in die Radiowelt hinaus.

Die Chefredaktion ließ den Pförtner in Ruhe. Dessen Magendurchbruch war ihnen Strafe genug. Aber Jackie bekam Moderationsverbot und wurde als Schwangerschaftsvertretung in die Kulturredaktion gesteckt. Sie quälte sich durch die Unterlagen und machte gleich einen Druckfehler aus: »Sach ma, Klausi, (Kollege Klaus war Alt-Philologe!), die spinnen doch in diesen bescheuerten Bücher-Verlagskatalogen. Wie heißt denn nun dieser Mann mit Vornamen? Thomas, Heinrich oder was?«

Als Hans Jonas den Friedenspreis des Deutschen Buchhandels kriegen sollte, schwor Jackie Stein und Bein, den hätten sie schon im Interview gehabt. Ganz sicher, sie selbst habe mit ihm geredet. Das wüßte sie genau, sie sähe den Namen Jonas noch regelrecht auf ihrem Interview-Karteikärtchen stehen.

Die Konferenz schwieg, selbst Klaus konnte sich nicht erinnern. Also gut, wenn Jackie ihn hatte, dann wird's wohl so gewesen sein, und das Thema war vom Tisch.

Klaus guckte noch beim Alten vorbei und ging eine halbe Stunde später über den Flur, da stand Jackie immer noch rum und belaberte zwei müde Sekretärinnen, die sich Kaffee holten:

»Ich hatte ihn, den Jonas. Weiß ich noch wie heute, guck den doch selber gern im Fernsehen, subber Kabarett. Freche Fresse, klasse der Mann.«

Die Frau sprach von dem Kabarettisten Bruno Jonas. Jackie glaubte, *dieser* Jonas bekäme vom Börsenverein des Deutschen Buchhandels den Friedenspreis in der Paulskirche verliehen!

»Na und?« kommentierte sie den Irrtum. »Hab'n Kulturbeutel. Reicht doch.«

Aber ihre Bachmann-Geschichte war die Krönung.

Der Name Ingeborg Bachmann sagte ihr nichts, sie liest ja keinen einzigen Satz, es sei denn, die Worte sind in Sitzhöhe an die Tür des Damenklos geschmiert.

Bachmanns Tod jährte sich zum zwanzigsten Mal, aber davon hatte Klausi nicht gesprochen. Sondern nur darüber, wer von beiden sich grundsätzlich dieses Themas annimmt.

»Also«, fragte er Jackie mit der Ereignisvorschau in den Händen. »Wer macht die Bachmann, du oder ich?«

Irgendwas muß sie ja machen, und Jackie suchte sich immer die Themen aus, für die ein Anruf reichte. Am besten ein Interview. Jackies tiefgehende Fragen lauteten dann: »Wie geht's denn so?« oder: »Alles klaro sonst?«

Stefan Heym hat sie mal gefragt: »Worauf führen Sie Ihre Popularität zurück?« Worauf der nur antworten konnte: »Gott, ich glaub, es waren die Bücher.«

Aber nun muß sie überlegen: »Bachmann, Bachmann. Was issen das? Schauspieler? Musiker? Ach ne Frau!« und sagte frisch heraus: »Die mach ich, Bachmann, alles klar!«

»Hat die Kultur schon was zu Ingeborg Bachmann geplant?« fragte der Chef in der Konferenz am Nachmittag.

Normalerweise fragte er so was nie, höchstens mal zwei Tage vorher. Heute tat er es. Und Jackie hätte nur ihren Mund halten brauchen. Ein »Ich bin dran« hätte gereicht.

Aber Jackie wollte Einsatz zeigen und verkündigte der Konferenz stolz: »Ja, ich hab sie schon, die Bachmann.«

»Was?« hakte der Chef nach; lehnte sich mit dem Rücken an die Planungswand und verschränkte seine Arme.

»Ja also«, Jackie machte eine große Geste, »das Interview mit ihr ist so gut wie angeleiert.« *Angeleiert* bedeutet, das Interview selbst noch nicht geführt, aber mit dem Gesprächspartner schon alles verabredet zu haben. Die Verabredung mit einer Toten? Eine kurze, entsetzte Pause entstand. Einige kicherten leise, andere starrten Jackie erschrocken an, und der Rest hatte nicht zugehört.

»Junge Frau«, staunte der Chef. »Verzeihen Sie mir die Bemerkung, aber Sie sind so blöde, daß es schon weh tut.«

Er drehte sich zur Planungswand und wollte weitermachen. Aber Eugen Höhler, Chef der Aktuellen, konnte nicht aufhören zu lachen. Wurde lauter, holte sein Taschentuch und wischte sich die Tränen. Der Chef wandte sich ihm zu: »Haste so was schon mal erlebt?«

»Ne«, weinte Höhler, »ne.« Und holte ein Fünfmarkstück aus der Tasche, steckte es in das rosa Schwein auf dem Konferenztisch und sagte: »Bachmann lebt.«

Für durchschnittliche Irrtümer, die Mitarbeiter in einer Konferenz bringen, geben Kollegen in der Regel eine Mark. Das Geld wird verfeiert. Rauschende Feste sind damit möglich. Journalistischer Irrtum wird in der Einheit HÖ gemessen. Höhler selbst beginnt bei HÖ-Halbe zu lachen. Ab einem ganzen HÖ zahlt er. Fünf HÖ wie eben hat niemand wieder je erreicht.

Jetzt durften alle lachen, steckten wie Höhler Fünfmarkstücke ins Schwein und klopften dabei Jackie auf die Schulter: »Bachmann lebt.«

Jackie ging zurück nach Bad Wildungen, zurück in das Stift. »Ich muß mal was anderes machen«, erklärte sie Frau Bach. »Vielleicht sollte ich Korrespondentin werden. Bei VIVA oder HUGO moderieren wär auch gut, aber was mit Ausland ist irgendwie kultiger.«

»Lern bei meinem Sohn. Geh nach Moskau. Das ist auf jeden Fall besser als Bad Wildungen«, riet Frau Bach.

Jackie hatte natürlich nicht mit Kirchs Enkel Abitur gemacht. Wußte nicht mal, ob Kirch überhaupt einen Enkel hat. Aber dieser Name, hoffte Jackie, werde im privaten ETN die Wirkung von einem ganzen Dutzend Oberlippenbärten haben. Ihr Staatssekretär sowieso. Aber trotzdem hatte sie noch Bedenken: »Und wenn Ihr Sohn doch nachfragt?«

»Ach was«, weiß Frau Bach. »Der kennt den Kirch doch auch nur aus der Zeitung. Wird nie wegen einer Praktikantin bei dem anrufen und fragen, ob sein Enkel, gemeinsam Abitur und so weiter. Macht sich ja lächerlich.«

So also ist Jackie nach Moskau gekommen.

Liebe Oma Bach, schrieb sie in ehrlicher Verbundenheit der alten Dame schon am Samstag nach ihrer Ankunft:

Nach Moskau fliegen nur Verrückte. Ich saß im Flieger zwischen zwei grauen Männern. Der am Gang stank nach altem Schweiß und behielt seinen Hut auf. Er öffnete seinen Laptop auf den Knien und ordnete Leichenteile in Tabellen. Tröstete mich, das sei nichts weiter. Er sei bloß Pathologe, spezialisiert auf Lungenkrebs. Wie Frankensteins Arzt hat der geredet. Genüßlich erklärte er mir, daß seine Schere jedesmal knirscht, wenn er den Brustkorb eines Rauchers öffnet, weil soviel Dreck in der Lunge ist.

Der Typ will Menschenpräparate in Moskau einkaufen. Er hat schon Tausende rübergeschafft und verkauft sie im Westen zum zigfachen Preis.

Ein anderer Macker am Fenster war fett, trug zum grauen Anzug giftgrüne Socken und kam aus einem kleinen Dorf im Hessischen. Zeigte mir die Adresse einer russischen Frau. Dreihundertachtzig Mark habe er dafür hingeblättert. Dabei hat der in einem Dialekt gesprochen, den ich kaum verstehen konnte. Irgendwas Dörfliches. Sagt, wenn sie ihm nicht gefalle, die Frau, wär's ja schade ums Geld. Aber für 'ne deutsche Adresse müsse er viel mehr bezahlen. Wo er noch nicht mal die Ferkel bezahlt habe für dieses Jahr. Keine Deutsche will mehr einen Bauern. Die Russische kann froh sein, wenn er sie durchfüttert, und passe auch besser ins Hessische als eine aus Asien.

Zwei Sachsen, die mit mir am Klo warteten, erzählten, sie gingen nie was essen in Moskau. Sie ham alles im Goffer, das is billischer. Seit zwanzig Jahren fahren sie zur Moskauer Messe, in Sachen Wachstischdecken. Habt ihr im Stift doch auch, diesen Mist! Kleine Blümchenmuster gingen in Rußland immer noch am besten, Wende hin, Perestroika her.

Mir hat ein Taxifahrer die Koffer geklaut. Aber zum Glück ist es hier nicht so kalt, wie ich dachte.

Liebe Grüße, bis bald mal wieder,

Deine Jackie aus Moskau

P. S. Dein Leo ist nicht so übel auf den ersten Blick. Hab ihn aber erst drei Minuten gesehen. Wohne direkt unter ihm.

Oma Bach preßte diesen langen Brief beglückt an ihre Brust. Sie verwahrte ihn gut. Jackie war der einzige Mensch außerhalb des Stiftes, der ihr je geschrieben hat. Sie überhaupt als lebendiges Wesen registrierte. »Das vergesse ich dir nie, mein Kind«, schwor Oma Bach mit Tränen in den Augen.

8

Aljoscha ist morgens der erste im Büro. Er liest die wichtigsten russischen Tageszeitungen, die Agenturen, die internationale Presse und hört Radio. Jeden Morgen um zehn Uhr soll er auf der Morgenkonferenz einen genauen Bericht zur Nachrichtenlage geben.

Leonard Bach kommt heute ungewöhnlich früh und geht ohne Gruß direkt in den Schneideraum. »Aljoscha«, dabei winkt er mit einer Kassette, »komm und schau dir das an.«

Er schiebt die Beta-Kassette in den Player und startet sie. Letzte Nacht hat er auf dem Ding geschlafen, damit keiner seine Bilder klaut. Nun brennt er darauf zu sehen, wie Aljoscha staunt.

Viele kommen zu ETN und bieten Material an: Videos voll aufgeschlitzter Tschetschenen, zerquetschte Bergarbeiter, blutende Armenier, flüchtende Kinder oder verwirrte Massenmörder vor Gericht.

Leid und Abschaum wird gesucht, oft unter Lebensgefahr gedreht oder der Miliz abgekauft. Solches Material verhökern russische Journalisten oder Kameraleute meistbietend an ausländische Fernsehagenturen oder Sender. Je widerlicher, desto profitabler.

Aljoscha ist einheimischer Producer eines ausländischen Senders. Sein Job ist es zu erkennen, ob solche Bilder okay sind. Dazu muß man die Lieferanten kennen.

»Von wem sind die Bilder?« fragt Aljoscha darum als erstes.

Bach nimmt einen Zettel, schreibt wahrhaftig *Kabantschik* drauf und reicht ihn Aljoscha. Gleichzeitig hält er den Zeigefinger vor die Lippen.

Aljoscha reagiert ärgerlich: »Das ist doch Schnee von gestern!« Hier hört schon lange keiner mehr ab. Aber gerade ausländische Journalisten fühlen sich so ganz ohne Wanzen im Büro kaum noch ernstgenommen.

Bach schreibt weiter: *Exklusiv! Armee-* oder *FSB-Material?*

Aljoscha sitzt nun schweigend vor dem Monitor und schaut das Bildmaterial durch. Hält an, spult zurück. Benutzt die slowmotion. Raucht dabei ununterbrochen. Runzelt die Stirn.

Wieso besorgt sich der Chef persönlich Material und macht daraus eine fast konspirative Sache? Das ist Routinearbeit, und Aljoschas Sache.

Für Armeematerial muß man bloß bei der Presseabteilung des Verteidigungsministeriums anrufen. *Waijen-TV* nennt sich deren Videogruppe. Russische Kriegsreporter des Ministeriums ziehen mit den Bataillonen mit und drehen zum internen Gebrauch. Manches davon fällt für das Fernsehen ab; die ausländischen Korrespondenten zahlen etwa 200 US-Dollar pro Minute.

Solche Videogruppen hat auch der Geheimdienst FSB oder das Innenministerium, das MWD. Deren Kameramänner dokumentieren die Spuren einer Schießerei oder beschatten gar Ganoven. Beide haben Abteilungen, die für die innere Sicherheit zuständig sind.

Das MWD hat sich in einer Mietwohnung im Moskauer Hinterhof eingerichtet. Im zweiten Stock klingelt der interessierte Journalist oder Producer an einer unscheinbaren Tür und kann drinnen auf modernsten Geräten Material sichten, es sich an Ort und Stelle kopieren lassen und bezahlen. Der Preis richtet sich nach der Brisanz des Materials.

Bach hat keine Ahnung, wo diese Wohnung liegt. Hat nie mit den Pressestellen telefoniert, weil er kaum russisch spricht. Kann darum auch keine Preise aushandeln. Wieso kauft er auf einmal Material, fragt sich Aljoscha, ohne vorher mit mir zu reden? Zugegeben, Material, das nicht schlecht ist.

Als die letzten Bilder auslaufen und das Band schwarz ist, guckt Aljoscha zum Chef hoch, der neben ihm steht und auf Reaktionen wartet, und fragt: »Gibt es Belege? Irgendwas?«

Bach reicht ihm nacheinander die Adressen der russischen Nutten in Frankfurt und die Frachtpapiere aus Riga. Dabei zittern seine Hände.

»Wieviel?« dabei macht Aljoscha mit zwei Fingern das Zeichen für Geld zählen.

Bach schüttelt den Kopf: »Null.«

»Da ist was faul.« Selbst der reichste Russe verschenkt hier nichts. Jeder hält die Hand auf.

Bach schreibt *Kabantschik will interviewt werden* und hält es Aljoscha hin.

»Also, das reicht mir jetzt«, sagt der. »Das ist Cowboy und Indianer für Sechsjährige, aber nichts für mich. Wo können wir vernünftig reden?«

Bach nimmt die Kassette aus dem Gerät, zieht sich seinen Mantel über und steckt sie in seine Innentasche. Aljoscha geht ihm nach, den Kutusowskij Prospekt hoch.

»Wozu sollte Kabantschik uns solche Bilder schenken?« fragt Aljoscha auf der Straße.

»Mir hat er gestern abend gesagt, die Armee werde ab sofort die russische Heimat vor gefährlichen Gegnern schützen. Die eigene Mafia gefährde Rußland in diesen wirren Zeiten schlimmer als die NATO-Osterweiterung. General Kabantschik hält es deshalb für seinen Auftrag, die Mafia zu zerschlagen.«

»Und das sagt er ausgerechnet uns?«

»Wieso denn nicht?« fragt Bach ungehalten. »Er präsentiert sich damit europaweit. Macht sich über ETN international bekannt.«

Aljoscha lacht verächtlich: »Ein Russe, der was werden will, macht sich im eigenen Land bekannt. Wer aber einen Russen fertigmachen will, läßt ihn von Ausländern loben.«

»Wie bitte?«

»Wer bei euch bekannt wird, ist bei uns schon allein deshalb unten durch. Gorbatschow – ihr liebt ihn, wir hassen ihn. Gaidar – hält bei euch hochgelobte und gut bezahlte Vorträge. Wir verachten diesen Fettwanst. Wenn ein Kabantschik in Rußland was werden will, muß er sich an das russische Fernsehen wenden. Macht er das durch ETN, wurde er sehr schlecht beraten.«

Jetzt wird Bach rot vor Zorn: »Ich bin doch nicht der Presseberater eines russischen Generals, Mann! Ich bin ETN-Korrespondent. *Ich* muß einen Film machen.« Dabei schlägt er sich mehrmals an seine Brust. Und hopst gar, wenn er *ich* sagt. »Einen Film, der sich gewaschen hat. Und jetzt bringe *ich* Bilder, die sensationell sind, und du quatschst nur Müll. Nicht eine vernünftige Idee hattest du in den letzten Wochen. *Nichts* hast du gebracht!« Nun hopst er auch bei *Nichts*. Fußgänger schauen sich nach ihm um, so sehr brüllt Bach: »Was meinst du, wie froh ich bin, endlich was in der Hand zu haben?«

»Was haben Sie?« fragt Aljoscha ruhig zurück. »Leichen, Nutten und ein Schiff voll Schmuggelware. Und dann einen geschwätzigen General, der sich als Mafiajäger aufspielt. Sonst nichts. Genausoviel nichts wie ich habe.«

»Und die Schießerei, ist die vielleicht nichts?« Der will mir aus purem Neid meine Bilder mies machen, fürchtet Bach. Der Sendetermin steht fest. Die Werbung dafür läuft bereits. Die Presseabteilung hat sogar Autogrammkarten von ihm nachgedruckt. Er hat einen Termin bei *Willemsen* in Aussicht! Was vergeudet er hier seine Zeit mit einem russischen Zauderer, statt sich an die Arbeit zu machen?

Als Bach schweigt, fügt Aljoscha noch hinzu, aber weiß im selben Moment, daß es ein Fehler ist: »Wer hat denn vor aller Welt behauptet, an einer Top-Reportage über die russische Mafia zu arbeiten, ohne auch nur irgendwas in der Hand zu haben?«

Da dreht sich Bach ohne ein weiteres Wort um und geht. Läßt Aljoscha stehen, der hinter ihm herruft: »Wo ist denn der Mafioso, der Ihnen die Hunde auf den Hals gehetzt hat, na? Ohne den gehen Sie baden, das verspreche ich!«

Aljoscha steht an der Straße und fragt sich, was in ihn gefahren ist. Er wird seinen Job verlieren und obendrein keine Empfehlung mehr für einen anderen ausländischen Sender kriegen. Er hatte sich an seine Devisen gewöhnt. Was also schreit er hier seinen Chef auf offener Straße an?

Als er zurück im Büro ist, entschuldigt er sich förmlich. Bach tut, als sei nichts geschehen. Sagt nur: »Ich werde mir mal die Nutten in Frankfurt vornehmen. Und in Rostock drehen. Vielleicht reicht das schon.«

Aljoscha hat verstanden. *Ich werde mir vornehmen* heißt, daß er von nun an draußen ist; mit der Geschichte nichts mehr zu tun hat.

Bevor es zu spät ist, zieht Aljoscha eine Kopie der Kassette. Er läßt die Geräte laufen, ohne den Monitor anzustellen, damit niemand es bemerkt. Dann beschriftet er sie mit *Luschkow im Schwimmbad* und stellt sie offen im Regal ab. Das ist der Moskauer Bürgermeister, der wahrhaftig zu Ehren des Tages der Frau in eiskaltem Wasser baden geht; natürlich von russischen Fernsehkameras begleitet. Was die Frauen mit dem Wasser zu tun haben, weiß wohl keiner außer Luschkow selbst.

Nur Stunden später bittet Bach Hella, ein paar Kassetten persönlich nach Berlin zu bringen und dort in den Safe schließen zu lassen. Er werde in einigen Tagen nachkommen und dann dort schneiden.

»Weiter möchte ich, daß du vorher noch bei meinem Interview mit einem russischen General übersetzt«, sagt Bach.

Das ist Producerarbeit. Darum fragt Hella erstaunt: »Was ist zwischen dir und Aljoscha vorgefallen?« Bach bleibt ihr die Antwort schuldig.

Am nächsten Morgen machen sie das Interview. Hella erzählt Aljoscha, es sei wunderbar gelaufen. Der General habe sich in voller Montur vor die Kamera gesetzt. Und von Spezialtruppen erzählt, die er aufgebaut habe. Tausende gestählter Männer, zu allem bereit. Unbestechlich. Der Heimat Rußland und seiner Sicherheit verpflichtet. So einer könnte Präsident werden, glaubt Hella, so beeindruckt war sie von ihm.

Nicht über ETN, weiß Aljoscha, schweigt aber.

Schließlich reist Bach mit Ivan nach Rostock, und Hella fliegt nach Berlin.

Aljoscha und Jackie sind allein im Büro.

»Ich check nich, was hier los is«, meckert sie. »Kein Mensch sacht mir was. Wie soll ich Fernsehen lernen, wenn mir keiner was sacht?« Sie sitzt in Bachs Chefsessel und popelt.

»Hast du in deinem Radio gelernt, den Mund zu halten?« fragt Aljoscha.

»Klaro. Was haste denn?« Sie holt wahrhaftig den Finger raus.

Er schiebt die Kabantschik-Kassette in den Rekorder und startet sie ein. Dabei schaut er nicht auf den Monitor, sondern beobachtet Jackie.

Die Leichen findet sie *cool*, die Titten *scharf*, die Schießerei *krass*, und alles zusammen kommentiert sie mit *affenstark*.

»Das ist Material, aus dem Bach seine Mafiareportage macht. Ich werde das Gefühl nicht los, daß irgendwas nicht stimmt«, vertraut er sich ihr an.

»Iss doch egal, Hauptsache es fetzt.«

Aljoscha lächelt: »Das meint Bach auch.« Jackie scheint für europäisches Privatfernsehen qualifizierter zu sein, als sie weiß.

»Ich werde es mir trotzdem vornehmen. Vielleicht finden wir was.«

»Was willste denn finden?« fragt Jackie.

»Weiß ich selbst nicht.«

Sie schauen die Kassette durch. Und nochmal. Und noch ein weiteres Mal. Jackie popelt wieder.

Die Schießerei ist genau eine Minute und 34 Sekunden lang. Das Bild wackelt etwas, weil die Kamera auf der Schulter getragen wird, der Kameramann läuft hinter den Tätern her.

Die Tür geht auf, Männer stürmen mit Maschinengewehren im Anschlag das Café. Darin sitzen fünf Männer an drei Tischen. Laute Schüsse aus vollen Rohren, alle liegen tot am Boden. Blut klebt an der Wand. Schnitt.

Die Täter tragen nicht mal Masken. Die Gesichter sind nicht zu erkennen; nur ihre Haare von hinten zu sehen. Die Möbel im Café sind seltsam. Solche hat Aljoscha mal im Tolstoi-Literaturmuseum gesehen. In den neu eröffneten Moskauer Luxushotels, wo auch solche Möbel möglich wären, hat nie eine so brutale Schießerei stattgefunden. Das hätte jeder durch die Zeitungen erfahren. Wo soll das also gewesen sein, fragt er sich.

Die Einschußlöcher sind sehr gut zu sehen, das Blut auch. Leider kein Fenster, aus dem er vielleicht die Umgebung hätte erkennen können.

Als ihm nichts einfällt, schaut er sich die Schießerei Bild für Bild an. Für so ein Ereignis sind die Bilder erstaunlich klar. Dann entdeckt er endlich was.

»Siehste das?« fragt Aljoscha.

Jackie ist auf dem Sessel eingeschlafen.

Er hat einen Kratzer gefunden. Oben rechts ist eine Schramme! Aber sie verläuft nicht, wie bei einem elektronischen Fernsehspratzer üblich, horizontal, parallel zur Bildzeile, sondern geht von oben rechts ein Stückchen nach unten links.

»Film!« Warum ist er darauf nicht schon gekommen! Das ist Filmmaterial! Natürlich. Die Körnigkeit, der Kontrastumfang – sieht doch alles ganz anders aus als das übrige Material. Die Nutten, die Leichen und das Schiff waren mit einer Videokamera gedreht. Aber diese Schießerei nicht!

»Eh, wach auf. Wir gehen.« Er stupst sie an.

Jackie reibt sich die Augen. »Wohin denn?«

»Wir gehen nach Hollywood.«

Das Hollywood des Sowjetreiches liegt auf den Leninbergen, dem schönsten Teil Moskaus. Prachtvolle schmiedeeiserne Zäune und Tore umgeben das riesige Areal von MOSFILM, in dem früher jährlich bis zu sechzig Filme gedreht wurden. Heute nicht mal mehr sechs.

Unkraut überwuchert alte Kulissen. Rost nagt sich in eine ganze Legion Windmaschinen und Lichtwagen, die ungenutzt auf Parkplätzen verrotten. Ganze Studios sind vernagelt.

»Schwer abgewrackt, das Ganze«, staunt Jackie.

»Früher wimmelte es hier von Menschen, Stars und Kostümen«, erzählt ihr Aljoscha, während sie durch die unterirdischen Gänge gehen, die die Studios miteinander verbinden. »Es gab immer genug Geld. Heute kaufen wir Billigstware aus Nord- und Südamerika ein. Es ist eine Schande. Ein kulturelles Verbrechen am russischen Volk!«

»Hej, krieg dich ein. Wir glotzen auch *Unsere kleine Farm* und *Power Rangers,* und es hat uns nicht geschadet.«

»Meinst du?« grinst Aljoscha und schaut sie an.

Sie kommen in einen größeren Saal zwischen den Gängen. »Hier war der Trauersaal, da haben sie die Särge ihrer Toten aufgebahrt und Abschied genommen von den Kollegen. Zwei- oder dreimal pro Monat haben sie sich versammelt. Heute wird keinem mehr nachgeweint.«

Tatsächlich schlurft nur noch eine Putzfrau durch den Saal.

Aus der Requisite wurden die besten Möbel auf die Datschen der Angestellten gebracht; aus der Garderobe Kostüme auf den Märkten verramscht, und im Kopierwerk züchten sie heute Grünpflanzen.

Noch gibt es ein paar hundert Leute, die nicht wahrhaben können, daß Schluß ist. Und sind sich nicht zu schade, einen Musikclip oder Werbefilm zu drehen.

Ein alter Freund von Aljoscha macht hier das Licht. Nikolai unterhält sich lange mit ihm. Jackie steht und hört sich die fremden Worte an, bis schließlich Aljoscha ihr erzählt: »Die Italiener haben Scheinwerfer hergebracht. Superqualität. Nikolai erzählt, er habe mal wieder zwei Wochen nichts zu tun, weil die Scheinwerfer alle paar Monate in einen Laster gepackt werden. Man fährt sie nach Italien, läßt die Papiere an der Grenze abstempeln und bringt sie wieder her. Diese Prozedur ist billiger, als die Scheinwerfer offiziell einzuführen und den Zoll zu zahlen. Billiger! Wenn man sie ständig raus- und wieder reinbringt, sind sie nur vorübergehend da und somit zollfrei.«

»Iss ja irre«, staunt Jackie. »Die spinnen, die Russen!«

Im Studio 5 dreht eine deutsche Filmproduktion. Nikolai erzählt und Aljoscha übersetzt, daß die Deutschen pro Bühnenarbeiter tausend Dollar im Monat zahlen und sich wundern, daß sie nicht anständig arbeiten. Ahnen nicht, daß sich die allerletzten MOSFILM-Funktionäre von jedem einzelnen die Hälfte des Lohns in die eigene Tasche stecken.

»So eine Gemeinheit!« findet Jackie.

»Kapitalismus *ist* eine Gemeinheit. Nicht gewußt?« spottet Aljoscha.

Nikolai kennt die Möbel, die Aljoscha beschreibt. Die Kulisse aus der Schießerei findet sich mit Einschußlöchern in Studio 3 unter einer schmutzigen Plane.

Zurück im Büro telefoniert Aljoscha hinter Bach her und erreicht ihn endlich in seinem Berliner Hotelzimmer. Der Korrespondent zeigt sich unbeeindruckt. Der Film sei bereits fertig geschnitten, da gäbe es nichts mehr zu ändern. Der Chef habe ihn abgenommen, er sei sendefertig und schon verplombt.

»Ich muß mit Ihnen reden, ungestört. Es ist sehr wichtig! Bitte warten Sie fünf Minuten, dann weiß ich, daß wir nicht abgehört werden. Fünf Minuten, ja? Dann rufe ich wieder an.«

Bach verspricht zu warten.

»Was heißt denn abgehört?« Jackie ist begeistert.

»Bei euch zapfen sie doch auch an, oder?« fragt Aljoscha gereizt.

»Weiß nicht.«

»Schau gut zu, jetzt lernst du was.«

Wenn sie tatsächlich abgehört werden, und Aljoscha hält das mittlerweile für möglich, weiß er das Telefon zumindest für kurze Zeit zu säubern. Er nimmt sein Taschenmesser und schneidet das 220-Volt-Kabel von Hellas Schreibtischlampe durch. Legt die Drähte bloß und verbindet sie mit dem Telefonkabel. Nun wählt er seine eigene Nummer daheim. Babuschka sagt: »Hallo?«

Aljoscha antwortet: »Wollte nur mal hören, wie es den Hühnern geht. Bis heute abend«, und legt auf.

»Das war's«, grinst Aljoscha.

»War was?« fragt Jackie.

»Sobald jemand am andern Ende abnimmt, jagen alle 220 Volt von der Lampe durch die Telefonleitung. Babuschka merkt davon nichts, aber das Abhörgerät in der Kutusowskij Telefonstation ist nicht ausgelegt für so eine hohe Voltzahl und knallt durch. Die Leitung ist sauber; zumindest so lange, bis sie das Gerät wechseln.«

»Geil! Geht das auch bei uns?«

»Bei euch wird ja nicht abgehört.«

Dann ruft er wieder in Berlin an. Bach hat tatsächlich gewartet.

»Der Film darf nicht gesendet werden«, sagt Aljoscha. »Das Material ist gefälscht. Verstehen Sie, nicht echt!« Er hört keine Antwort. Vielleicht spricht er zu leise. »Von Schauspielern inszeniert!« ruft nun Aljoscha ins Telefon.

»Ach Aljoscha, was hast du nur immer?« Bach spricht ganz normal. Die Leitung ist gut. »Ich habe das Schiff in Rostock gedreht. Die Geschichte mit den Metallen hat hundertprozentig gestimmt. Ich habe in Frankfurt die Nutten gefunden. Original die Nutten, die wir auf der Kassette von Kabantschik noch in Moskau sehen konnten. Das Material ist hervorragend.«

»Die Nutten vielleicht. Die Metalle in Rostock vielleicht. Aber nicht die Schießerei! Die wurde bei MOSFILM gedreht, in einer miesen Kulisse, die früher für das Leben von Tschaikowsky hergehalten hat. Mit einer alten Konwas-Kamera abgedreht.«

Bach will es nicht wissen: »Sie haben mir im Schneideraum applaudiert. Vom Cutter bis zum Chefredakteur mir gratuliert.«

Aljoscha will sich dieses Mal beherrschen. Wütend atmet er durch und versucht so ruhig wie möglich zu bleiben: »Sie können doch nicht behaupten, die russische Mafia hätte einen brutalen Mord in Auftrag gegeben, wenn dem gar nicht so ist!«

»Aljoscha! Eine Grafik wird ja auch gemacht. Zur Anschauung gewissermaßen«, rechtfertigt sich Bach. »Die Reportage geht übermorgen abend über den Sender.«

»Das hat doch nichts mehr mit Journalismus zu tun«, brüllt Aljoscha nun doch.

»Find dich damit ab«, antwortet Bach und legt auf.

9

Drei Tage später sitzt Hella im Vorzimmer des Chefs in Berlin, bei Kaffee und Kuchen mit Frau Vogeley. Da kommt überraschend Raider rein. Er trägt eine biologisch abbaubare Strickjacke mit Lederflicken an den Ellbogen, leistet sich im Erziehungsurlaub einen Sieben-Tage-Bart und spart seit der Geburt an Eau de Toilette. Das störe seine Geruchsaura.

Was will der denn? fragt sich die Chefsekretärin. Sie giftet ihn an: »Bach ist da drin. Wir warten auf die Quoten. *Sie* können jetzt nicht rein. Un-an-ge-mel-det.« Unangemeldet beim Chef oder in dessen Vorzimmer zu erscheinen, ist für Alma Vogeley ebenso unanständig, wie in einer Morgenkonferenz zu rülpsen.

Raider ignoriert ihr Gekeife: »Sie glauben nicht, was meine Laura schon kann. Soll ich mal erzählen, was sie kann, die Laura?« fragt er erregt.

»Was kann die Laura?« fragt die Chefsekretärin gelangweilt und schiebt ihre Brille auf dem dicken Make-up die Nasenflügel hoch.

»Liegt sie heute auf dem Wickeltisch, die Laura. Und ich mache mit ihr *hapapap* und *huschihusch*, da lacht die Kleine.«

Hella klatscht in die Hände und jubelt: »So? Da lacht die Kleine!«

»Aber jetzt kommt's!« Raider ist nicht zu stoppen: »Wie soll ich das erklären, sie nimmt also ihre Ärmchen, nein. Ich glaube, es war zuerst das Füßchen?« Der gestandene Reporter kommt ins Schleudern. »Liegt die Laura also auf dem Tisch, und ...« Nun bringt sich der ganze Mann ein: legt sich zur Visualisierung seiner Geschichte wahrhaftig auf den Teppich, vor Vogeleys Tisch. Zieht Beine und Arme an, schaukelt auf dem Rücken nach links und rechts und ruft nach oben: »Dann nimmt sie das Ärmchen hoch, nach hinten, und hast-du-nicht-gesehen ...« Jetzt wälzt sich Raider auf den Bauch, »... kann sich mein Schätzchen drehen. Meine Laura! Auf den Bauch gedreht! Zum ersten Mal!« Der Kollege jubelt. Liegt vor den Frauen auf dem Bauch, Arme und Beine in die Luft gereckt und ruft: »Und nochmal hast-du-nicht-gesehen gleich wieder zurück.« Er wälzt sich auf den Rücken. Bleibt liegen wie ein hilfloser Käfer.

Zwei gestandene Frauen um die vierzig, mit Damm- und Kaiserschnitt am eigenen Leib, schauen runter auf den Teppich, wo sich ein leitender Redakteur zurück auf seine Beine müht.

Als Raider draußen ist, fragt sich Hella laut: »Also manchmal ...«

»Das denke ich bisweilen auch«, ergänzt Alma Vogeley und schüttelt den Kopf. Ein Käffchen wird nachgeschenkt, die Buttercreme angeschnitten.

»Meiner wird immer seniler«, erzählt die Chefsekretärin. »Regelrecht verwirrt. Hat sich letzte Woche drücken wollen vor der Beerdigung des BBC-Hörfunkdirektors und seinen Stellvertreter delegiert. Herr Wortmann stand also kurz vor der Abreise schwarz gekleidet in der Tür und wollte sich verabschieden.

›Ich gehe jetzt‹, hat er gesagt. Meiner schaute nicht einen Moment hoch, las weiter in seinen Akten. Las und blätterte und konnte sich einfach nicht lösen von seinen Geschäften. Nur ein kurzes ›Jaja‹ hat er gebrummt.

Herr Wortmann versuchte, den Chef zu erinnern und erklärte, er verabschiede sich, weil er jetzt nach London fliege.

›Ja‹, antwortete der Chef kurz angebunden. Er wisse Bescheid. ›Viel Vergnügen auch.‹

Wortmann stutzte. Was heiße Vergnügen, er fahre doch zur *Beerdigung* von Mister Miller! Da schaute der Chef kurz hoch und raunte ungehalten, er habe verstanden: ›Miller. In Ordnung‹, sagte er. ›Und grüßen Sie ihn von mir!‹«

Die Frauen juchzen. »Und grüßen Sie ihn von mir!« Schenken sich Kaffee nach und nehmen jede noch ein Stückchen Buttercreme.

»Er soll mal in Gedanken versunken am Pissoir gestanden haben«, weiß Hella. »Da trat doch der Dings vom Spielfilm neben ihn.«

»Metzger war das«, hilft Frau Vogeley und erzählt die Geschichte weiter, die im Haus schon zigmal im Flurfunk rundgegangen ist: »Der pinkelte auch und grüßte mitten im Strahl zu ihm rüber: ›Guten Tag, Chef. Schön, Sie zu sehen.‹ Da hat meiner die Hose zugemacht, abwesend gelächelt und dann dem Metzger neben sich geantwortet: ›Guten Tag, Herr eh. Was führt Sie zu mir?‹«

Hella verschluckt sich vor Lachen an der Creme.

Die Frauen schenken sich noch einmal Kaffee nach und teilen das letzte Stückchen Buttercreme.

»Wird denn was mit euch beiden?« fragt Alma Vogeley.

»Ach, was du immer denkst«, antwortet Hella. »Nichts wird. Ich rede mit ihm, ich saufe mit ihm, aber als Mann ist der so erotisch wie ein Fernsehsessel.«

»Hat er eine andere?«

»Pjotr erzählt was von Nutten, zweimal im Monat.«

»Gott, was sind die Männer Tiere!« ekelt sich Alma Vogeley.

Hella seufzt: »Es gibt nur fünf Männer in meinem Leben: Kevin Costner, Tony Michelli, Andreas Elzholz, Akebono und Hape Kerkeling.«

»Wer ist denn Akebono?« will Alma wissen.

»Ein reizender Sumoringer, einer der besten überhaupt.«

»Und wo hast du ihn kennengelernt?«

»In Euro-Sport. Krieg ich in Moskau über Satellit.«

»Aber Japaner sind doch so enttäuschend!« kichert Alma.

»Mein Akebono stammt aus Haiwaii!«

»Ob das diesbezüglich besser ist?« bezweifelt Frau Vogeley.

Hella lacht. Droht ihr mit dem Zeigefinger und sagt: »Alma, du bist auch ein Tier.«

Die Chefsekretärin legt freundschaftlich ihre Hand auf das Knie der anderen: »Was hältst du von einem Wechsel? Der Kollege in Kapstadt sucht so ein Genie wie dich. Ich könnte das arrangieren. Der eine da drin«, sie weist mit dem Kinn zur Cheftür, »hat dich nicht verdient, und der andere macht eh alles, was ich sage.«

Hella denkt kurz nach und antwortet dann: »Die Idee ist vielleicht gar nicht so schlecht. Wie lange kann ich darüber nachdenken?«

»Du solltest mir in zwei Wochen Bescheid sagen.«

»Gut. Das mache ich. Danke, Alma. Du bist wunderbar.«

Drin im Büro sitzen Bach und der Alte in der Sitzecke und warten. Um halb elf kommen die Einschaltquoten. Vorher gibt's nichts zu sagen. Der Chef hat die Moskauer Mafiageschichte waghalsig auf zwanzig Uhr Sonntag abend gelegt. Bach konkurriert gegen Hunderte von europäischen Programmen, die zur selben Zeit Gameshows bringen, Familienschicksale zeigen oder Fußball-Länderspiele übertragen. ETN hat ein Heidengeld in die Werbung gesteckt und es im eigenen Programm getrailert, so oft es geht.

Nun hoffen sie auf gute Zahlen.

»Ich wünschte, du würdest schon morgen in meinem Sessel sitzen. Wirklich wahr«, seufzt der Chef. Diese Quote entscheidet, ob Bach endlich Chef wird. Ob der Alte endlich in Rente gehen darf.

»In jedem Beruf wirst du besser, wenn du älter wirst«, stellt der Chef fest. »Nur im Journalismus nicht. Jeder Arzt wird teurer, Schriftsteller reifen, sogar Anstreicher verbessern sich. Fernsehjournalisten aber sind ab fünfzig nicht mehr zu gebrauchen. Wir bringen die Welt nicht mehr auf den Punkt.«

»Wie denn auch?« stimmt Bach ihm zu. »Wir leben im Zeitalter der 45-Sekunden Berichte. Ich kann kein vernünftiges Interview mehr führen. Meine Fragen, so brillant und pointiert sie auch sein mögen, will keiner mehr hören. Ich bekomme von euch nicht die Zeit, sie zu senden.«

»Das Interview ist tot, Leonard. Heute senden wir *sound-bits*, nicht länger als zehn Sekunden. Der Blüm hält sich so lange als Minister, weil er die besten *sound-bits* liefert:

›Das ist ein schwarzer Tag für die Sozialpartnerschaft.‹ Was für ein Satz! So was kann ich senden. Archivieren kann ich das und immer wieder verwenden.«

»Dabei ist der Blüm auch nicht jünger als ich«, wundert sich Bach.

»Und was es früher noch für Themen gab!« schwärmt der Chef. »Da haben wir Parlamentsdebatten stundenlang live übertragen. Heute muß ein Finanzminister fremdgehen, um zum Topthema zu werden.«

Bach gibt ihm recht und antwortet bitter: »Dieser Glocke schämt sich nicht, einer Frau das Mikrofon unter die Nase zu halten und zu fragen: ›Guten Tag auch, Ihr Sohn ist gerade im Kindergarten erschossen worden. Was fühlen Sie jetzt?‹«

»Ja«, nickt der Chef. »Jung und doof genug mußt du heutzutage sein. Kerle um die zwanzig stecken sich ein Tuch in den Kragen, stellen sich in Paris oder Rom vor die Kamera und haben die Chuzpe, Dinge zu behaupten, die sie gar nicht wissen können. Hauptsache, es klingt gut. Am nächsten Tag hören sie, daß sie Fehler gemacht haben. Es beschäftigt sie nicht. Sie schminken sich fröhlich für ihr nächstes Livegespräch in, was weiß ich, in Ankara.«

»So sind sie, genau«, nickt Bach zustimmend.

»Das erste, was du als Chef machen solltest, ist, diesen Glocke rauswerfen«, fleht der Chef. »Ich habe nicht mehr die Kraft dazu.«

»Das mache ich«, verspricht Bach.

»Und paß auf die Dödel auf. Die jungen Kerle wollen die Dödel abschaffen«, jammert der Chef.

»Was? Dödel abschaffen? Ja, sind die denn von allen guten Geistern verlassen? Die schönen Dödel!« Bach ist schockiert.

Der *Dödel* ist ein biegsamer kleiner Magnetstreifen, den man auf der Vorderseite mit einem wasserlöslichen Stift beschriften kann.

Die Dödelwand ist im Konferenzzimmer. Bei ETN sind zwei Wochen Sendezeit von null bis Mitternacht darauf verzeichnet und warten, von Dödeln besetzt zu werden. Das wird natürlich später in den Computer übertragen. Die jungen Kollegen schämen sich für diese steinzeitliche Art der Planung, aber der Chef besteht weiter darauf.

Jeder Dödel ist ein Thema. Die verschiedenen Farben des Dödels kennzeichnen die jeweilige Rubrik: Aktuelles ist rot, Buntes ist grün, Wirtschaft und Soziales gelb, Kultur blau, Ausland braun und so weiter.

Als Raider damals die Kasanreportage von Bach betreut hat, dödelte er das Thema in Braun:

Leonard Bach: Fleischfabrik in Kasan (Twix) Länge: 1'25.

In Klammern steht jeweils das Kürzel des zuständigen Redakteurs. Raider trägt sein glückloses Kürzel seit der Umbenennungskampagne von Raider, dem Pausensnack: *Raider heißt jetzt Twix.*

Dödel sind so etwas wie die Stechuhr des Journalisten. Der Chef mahnt: »Schon lange keinen guten Dödel mehr von Ihnen gesehen!« Übereifrige werden von Kollegen getadelt: »Willst wohl Dödelmeister der Woche werden, hä?«

Geschickte Redakteure dödeln wirtschaftlich. Das Thema *Was tun bei Grippe?* läßt sich im März als Frühjahrsgrippe, im Juli als Sommergrippe, im September als Herbstgrippe und im Dezember ohne Verlust als Wintergrippe dödeln.

Super-Dödel sind Serien: Einmal an Herpes gedacht und schon sind zig Dödel an der Wand: Montag Herpes an der Lippe, Dienstag Herpes an der Nase, Mittwoch Herpes in der Scham und so weiter.

Der Chef ist stolzer Besitzer eines goldenen Ehrendödels, den man ihm bei seinem Weggang von der Hessenschau verliehen hat.

Die Redaktionskonferenz dödelt um: Der bunte Dödel der Hospitantin wurde laut Konferenzbeschluß für nicht bunt genug, aber sendbar gehalten und auf Sonntag morgen sieben Uhr geschoben, wenn eh keiner guckt. Dafür wird der Reporter-Dödel wegen seiner packenden Original-Schreie einer Bonner Sekretärin, die als Stasi-Spitzel entlarvt wurde, in die Mittagssendung gehängt.

Kollegen können auch wechselseitig ein Wegdödeln einleiten. Vernichtend, wenn der dümmste Kollege in der Konferenz meint: »Das Thema find ich gut.«

Bitter allemal, wenn ein anderer weiß: »Tolles Thema, das hatte der bayerische Rundfunk schon vorgestern!«

Der garantierte Tod eines Dödels dagegen ist die Bemerkung: »Interessant; das sollte man Carmen Thomas stecken, die macht das bestimmt.«

Bach ist übel vom vielen Warten; schlecht vor Angst. Wenn doch erst die Quote da wäre! Die Kritiken, die morgen in den Zeitungen folgen, sind ihm völlig egal. Was gut ist oder nicht, entscheidet heutzutage allein die Anzahl der Leute, die die Glotze zu seinen Gunsten angestellt haben.

Hella hatte vor einem halben Jahr an einer Nachrichtenkonferenz in der Zentrale teilgenommen. Später in Moskau hatte sie Bach erzählt, der Programmdirektor sei kurz an der Tür vorbeigekommen und habe 'reingerufen: »Herrliche Sendung gestern. Gratuliere!« Woraufhin eine Kollegin schnell hinterherrief: »Und was genau fanden Sie gut? Die Reportage von Raider, von Bach oder von Glocke?« Der Programmdirektor lächelte nur: »Ich hab die Sendung nicht gesehen, aber«, und dabei hielt er seinen Daumen nach oben: »Die Quote war top!« Und ging weiter. Für ihn sollen Nachrichten nur so aussehen, als seien sie welche, damit die Leute vor- und nachher die Werbung mitnehmen und die Sendelizenz nicht verlorengeht.

Geschrei von draußen reißt Bach aus seinen Gedanken. Die Vogeley kommt rein, hält flatternd ein Fax hoch. Hella steht hinter ihr und winkt ermunternd, wirft ihm gar Handküsse zu. Die Vogeley kreischt: »Sechzehn Prozent Marktanteil. Sechzehn! Das hatten wir noch nie!«

Der Chef springt auf. Stürzt auf seinen Auslandskorrespondenten zu, nimmt ihn in den Arm, küßt ihn auf die Wangen, links und rechts und wieder links, wie einst Honnecker den Stoph, und ruft: »Mein Gott Leo! Was für ein Erfolg.« Dann läuft er zum Telefon und nimmt den Hörer ab. Beim Wählen sagt er schnell: »Die Quote ist hoch. Zu hoch! Mit fünf oder zehn hätten sie dich auf meinen Stuhl gelassen. Aber mit sechzehn läßt dich keiner mehr weg aus Moskau! Jetzt bist du ein gemachter Mann! Jetzt wollen alle mehr von dir sehen.« Dabei grinst der Alte leicht: »Ein Arnett bist du, dein Bagdad liegt in Rußland, und wir werden stark wie CNN!«

Peter Arnett war der amerikanische Journalist, der zu Beginn des Golfkrieges als einziger ausländischer Berichterstatter in Bagdad geblieben ist, um vom Dach seines Hotels aus live die Luftangriffe der Alliierten zu zeigen. Die ganze Welt schaute auf ihn. Arnetts mutige oder lebensmüde Reportagen machten ihn und vor allem seinen Sender CNN weltweit bekannt.

Der Chef schreit: »Vogeley! Champagner!« und ruft die Public-Relation-Abteilung an.

»Hallo, Konrad. Schon gesehen, ja? Ja! Sofort Pressemitteilung rausgeben! Quote phänomenal, höchster Marktanteil seit Sendebeginn von ETN und so weiter. ETN-Topreporter Bach macht weiter und so weiter! Russen-Mafia Teil zwei folgt in Kürze.«

Bach ist schockiert. Bis eben hat er nicht begriffen, daß der Chef an seinem Stuhl klebt. Der *will* überhaupt nicht in Rente gehen. Jammert ihm nur was vor, um ihn bei der Stange zu halten, dieser Scheißkerl!

Nun kommen Champagner, Gläser, die Vogeley und Hella. Raider alias Twix, Glocke auch und die andern. Singen: »For he's a jolly good fellow, for he's a jolly good fellow. For he's a jolly good feee-e-llow, that nowbody can deny.« Und lassen einen hochleben, der tiefer noch nie in der Patsche saß.

10

Drei Kopien von Bachs Reportage finden ihren Weg nach Moskau. Die erste Videokassette kommt bereits zwei Tage nach der Ausstrahlung mit Federal Express. Absender ist ein Geschäftsmann aus Altrincham bei Manchester, Empfänger Konstantin Michailowitsch Slobow, ein reicher *bisnjessmen* aus Moskau, mit dem der Engländer Geschäfte macht und den er bisher für unbescholten hielt.

»Lieber Konstantin«, schreibt der Engländer, »dieser Film wurde Sonntagabend europaweit bei ETN (European Television News) ausgestrahlt. Darin wirst du als zwielichtige Figur dargestellt. Was soll das alles bedeuten? Ich mache mir große Sorgen.«

Konstantin Slobow braucht einen ganzen Tag, um sich einen PAL-Videorekorder und Fernseher zu beschaffen, da in Moskau SECAM-OST die Norm ist. Und sieht sich zu seiner Verblüffung in diesem Film wahrhaftig als russischer Mafioso dargestellt!

Das japanische Fernsehen hatte vor drei Jahren einen Film über junge Geschäftsleute in Moskau gedreht, in dem auch er vorgestellt wurde. Sie hatten ihn an die Rohstoffbörse begleitet und in sein Büro. Hatten ihn mit seinen Freunden in der Sauna gezeigt und gefilmt, wie er sich mit seinem Leibwächter durch Tai-Boxen fit hielt. Außerdem seinen neuen Privatbungalow präsentiert und den Safe. Er hatte sich sogar dazu überreden lassen, ihn zu öffnen und einen Packen Dollarnoten reinzulegen. Was er heute bitter bereut, denn in *diesem* Film von ETN sind genau dieselben Bilder zu sehen. Nur kennt er den deutschen Journalisten nicht, der den Film gemacht hat.

Trotzdem stellt dieser Reporter ihn als jemanden dar, der eitel seinen Reichtum zur Schau stellt und sich gern mit Männern umgibt. Im Film wird sogar behauptet, wie hart seinesgleichen gegen Konkurrenten durchzugreifen versteht. Unmittelbar nach ihm folgt eine Schießerei, die Slobow die Sprache verschlägt. Der Korrespondent tut so, als sei *er* für solche Morde verantwortlich!

Erst als General Kabantschik im Film auftaucht, beginnt er zu verstehen. Aber daß der alte Apparatschik so tief in die Trickkiste greifen würde, um an die Wohnungen zu kommen, erstaunt selbst Slobow. Soviel Rafinesse und gar Beziehungen zum ausländischen Fernsehen hat er dem gar nicht zugetraut.

Slobow kennt den General seit einigen Jahren. Alles fing damit an, daß seine Schwester Lena ihn um Hilfe bat, weil ihr Ältester eingezogen werden sollte. Sie ist verwitwet und hat drei Söhne zu versorgen. Rekruten werden in der russischen Armee regelrecht schikaniert; manche gar totgequält. »Unfall« steht dann auf dem Totenschein.

Zu allem Unglück fingen damals auch noch die Bürgerkriege im Kaukasus an. Der Junge werde, fürchtete Lena, womöglich in Nagorny Karabach eingesetzt. Sie wandte sich an ihren reichen Bruder, es müsse doch Möglichkeiten geben ...

Eine Möglichkeit hieß damals Kabantschik.

Der Neffe nahm also pro forma ein Physikstudium an der Lomonossow-Universität auf. Die Einschreibung mußte vom Militär abgestempelt werden, denn damit erst war der junge Mann vom Wehrdienst befreit. Slobow zahlte einem Universitätsangehörigen und Kabantschik viel Geld. Später halfen die auch Slobows anderen Neffen; immer auf dieselbe Weise.

So kamen die jungen Männer mit einer dreimonatigen Grundausbildung davon. Sie haben das Studium natürlich nie aufgenommen, sondern arbeiten bis heute in Slobows Firma.

Ein Jahr später kam Kabantschik von sich aus mit einem Vorschlag an. Erkundigte sich verschlagen, ob Slobow an einer Importlizenz der Armee-Veteranen interessiert sei.

Es war Goldgräber-Zeit in Rußland. Die Gesetzgeber hinkten der kommerziellen Wirklichkeit hinterher. Auf ausländischen Luxusgütern lag ein hoher Zoll, bis auf eine Ausnahme! Wer nachweisen konnte, für Behinderte oder Veteranen zu importieren, wurde vom Zoll befreit. Diese Lizenz gestattete nicht nur den zollfreien Import von Bettpfannen oder Beinprothesen, sondern von *allem*, was es im goldenen Westen zu kaufen gab. Slobow importierte Luxuslimousinen im Dutzend. Natürlich konnte sich kein Veterane einen BMW oder Mercedes leisten; die Autos wurden mit riesigen Profiten auf dem freien Markt verkauft. Und, wie vereinbart, hatte Kabantschik seinen Teil bekommen. Doch statt es in ein Geschäft zu stecken, schien er es verpraßt zu haben. Denn seit einiger Zeit tauchte Kabantschik erneut bei Slobow auf und belästigte ihn.

Kabantschik hat zwei Töchter, die mit das Übelste sind, was Moskau auf der nach unten offenen Igittskala zu bieten hat. Beide sind unverheiratet, obwohl schon Mitte zwanzig. Ihre Freundinnen dagegen haben bereits Kinder.

Frau Kabantschik machte ihrem Gatten die Hölle heiß. Jammerte und schrie, lag ihm täglich in den Ohren, endlich was zu unternehmen.

»Herr Gott nochmal, dann schick sie in Kur«, riet ihr Mann. »Vielleicht verlieren sie da ihre teigige Haut. Und setz sie auf Diät. Wenn jede einen Zentner verliert, haben wir schon viel gewonnen.«

»Du bist schuld an allem. Ganz allein du!« kreischte seine Frau. Auch teigig, auch fett. Zog aber leider nicht zu ihrer Mutter, sondern beschimpfte ihn weiter ohne Ende: »Wenn sie doch wenigstens eine gute Partie wären, unsere Vögelchen! Du bist ein Versager. Jeder betrügt, jeder nimmt sich, was er kriegen kann. Aber du hast nicht mal einen Panzer verkauft. Nicht eine einzige Granate auf den Markt gebracht.«

Kabantschik hat das schon hundertmal gehört. Jetzt kommt die Geschichte mit dem Popen …

»Und denk mal an den Popen auf dem *Luschniki*-Markt. Was für ein Mann! Der hatte Geschäftssinn!«

Fast täglich schwärmte sie, wie der Pope auf dem Markt Sägen verkauft hat. Sie selbst hätte es gesehen. Sägen! Der General hat sich lange gefragt, was daran so Besonderes ist, wenn ein Pope

Sägen verkauft, bis er nach Wochen endlich verstand, daß der nicht Sägen, sondern *Segen* verkaufte. Einen Menschen segnen für fünfhundert; ein neues Auto für tausend Rubel. Die besonders gefürchteten sakralen Flüche kosteten das Doppelte.

»In Moskau muß jeder wissen, wo er bleibt«, geiferte seine Alte weiter. »Jeder hat was, was er verkaufen kann, und wenn es Segen ist. Nur der blöde Kabantschik nicht. Läßt seine Töchter vertrocknen. Macht nichts. Hilft nicht. Tut nichts.«

Aber er tat, was er konnte; sie lebten eigentlich prächtig. Hatten ein deutsches Auto und einen weißrussischen Fahrer. Die Suite im Sunny Bay auf Zypern hatte er seiner Frau natürlich verschwiegen. Wenn er im Süden entspannen wollte, machte er ihr vor, für die Armee in geheimer Mission auf *kommandirowka*, eine Dienstreise, gehen zu müssen. Auch eine schöne große Wohnung hatten sie, in bester Lage. Genug Geld und sogar eine fast bourgeoise Haushaltshilfe. Aber der Frau war's einfach nicht genug. Für die Partie der Töchter mußte was Besseres her.

Kürzlich hatte sie endlich gefunden, wonach sie suchte.

»Hattest du nicht mal was mit einem gewissen Slobow?« fragte sie.

»Was willst du denn jetzt schon wieder?« fragte Kabantschik zurück.

»Weil dieser Slobow hinter der Lumumba-Universität Stadthäuser bauen läßt. Schönere hast du nicht gesehen!« Und sie schwärmt von drei roten zehnstöckigen Backsteinhäusern. Hochhäuser zwar, aber die schönsten, die Moskau je gesehen hatte. An einem riesigen Erholungspark gelegen, mit kleinen Seen und großen Wiesen. Wunderbare Luft. Ruhige Lage und dennoch in der Nähe einer Metrostation – ein Juwel.

Wer das gesehen hatte, wollte nichts anderes mehr. Wer hier lebte, war glücklich bis ans Ende seiner Tage.

»Du gehst zu Slobow und besorgst uns zwei Wohnungen!« forderte Kabantschiks Frau.

»Wie stellst du dir das vor?« verzweifelte der General. »Die sind unbezahlbar.«

»Dann gib ihm eine Rakete dafür oder Plutonium.«

»Der will aber keine Raketen, und ich habe kein Plutonium.«

»Wieso hast du kein Plutonium? Alle haben Plutonium, nur du nicht!«

»Das hast du in der Zeitung gelesen. Aber *ich* habe kein Plutonium. Nicht ein Gramm. Ich *kenne* nicht mal einen, der Plutonium hat.«

»Dann nimm ein paar Offiziere mit und jag Slobow Angst ein!«

»Meine Offiziere sollen einem Slobow Angst einjagen? Meine müden Milchgesichter? Ha!« lachte Kabantschik.

Aber das Lachen bekam ihm nicht. Sein Hausfriede war empfindlich gestört. Solange er diese Wohnungen nicht besorgte, war seine Frau nicht mehr sie selbst. Seine Töchter blökten gar wie frischgeschorene Schafe, wenn er nach Hause kam.

Kabantschik erkundigte sich also, was Slobow bauen ließ.

Eine Wohnung hatte sechs Zimmer mit zwei großen Balkonen. Der Fußboden war aus weißem, eigens aus Italien importiertem Marmor. Die Türen massives Eichenholz mit Messinggriffen. Ebenso die Schränke, die für die Wohnungen maßgeschneidert wurden. Zwei prächtige Bäder mit Whirlpool, Bidet, zwei Waschbecken, Kristallspiegel und Dusche. Manche munkelten, die Armaturen seien aus echtem Silber. Die Einbauküche kam aus Deutschland und war mit allen technischen Geräten ausgestattet. Und im Wohnzimmer war ein Kamin eingebaut, der sogar richtig gut ziehen sollte.

Slobow beschäftigte für den Einbau all dieser Finessen ausländische Facharbeiter. Diesen Männern war unter Strafe verboten, über die Ausstattung des Hauses zu sprechen. Sie durften auch keine Fotos machen. Kabantschiks Informant hatte jedoch welche und zeigte sie dem General. Die Wohnungen waren überwältigend. »Sollen eine halbe Million Dollar kosten, das Stück!«

Kabantschik ging zu Slobow, drohte ihm Schwierigkeiten an, machte Andeutungen, aber Slobow lachte ihn nur aus: »Genosse Kabantschik, Sie mögen was nachfordern wollen für die Sache damals mit den Neffen. Ich rücke auch noch ein paar Tausender raus für die Lizenz, obwohl sie heutzutage nichts mehr wert ist. Aber diese Wohnungen ... bei aller Liebe. Nein!«

Das Ergebnis dieser kurzen Unterredung hatte Slobow nun auf dieser schäbigen Videokassette vor Augen. Kabantschik hatte hoch gepokert.

Eine zweite Videokassette von Bachs Film wird Barjuschin durch einen elsässischen Pathologen zugestellt, der am Dienstag nach der Sendung nach Moskau flog. Als Gegenleistung für diese Kurierdienste achtet Barjuschins Behörde, das FSB, darauf, daß keiner dem Arzt Schwierigkeiten macht, menschliche Präparate mit ins Ausland zu nehmen.

Barjuschin schaut sich den Film an und ist sehr zufrieden, wie der General rüberkommt. Das wird Kabantschik vorerst genügen.

An den letzten beiden Tagen haben die ausländischen Medien bereits Interesse gezeigt, ihn in seiner Akademie interviewt. Das mußte dem General ungeheuer geschmeichelt haben. Er rief Barjuschin an und erklärte großzügig, er werde keinen Freund vergessen, wenn er erst oben angekommen sei. Kabantschik glaubte nun wirklich, Barjuschins Plan gehe auf.

Den russischen Medien dagegen war der Auftritt eines Zwei-Sterne-Generals im ausländischen Fernsehen gerade mal eine Drei-Zeilen-Meldung am Montag morgen wert; ganz wie Barjuschin erwartet hatte.

Was allerdings dieser Mafioso in dem Film soll, ist Barjuschin schleierhaft. Er läßt das FSB ermitteln, um wen es sich handelt, und erhält aus dem Archiv dessen Akte. Darin steht, daß Konstantin Michailowitsch Slobow bis Ende der achtziger Jahre Flötist bei den Staatlichen Symphonikern war. Als die Sowjetunion ihrem Ende zuging, hatte auch er seine letzte Etüde geblasen. Und wurde einer der ersten russischen Broker.

Damals fehlte den einzelnen Republiken die Zentrale, die sie früher miteinander verband. Slobow holte Triebwerke von hier und Flugzeugrümpfe von dort, fügte sie zusammen und wurde reich dabei. Inzwischen besitzt er Immobilien in den USA, in Frankreich und in Deutschland. Ist beteiligt an einer internationalen Spedition, hat Mehrheitsanteile an zwei russischen Aktiengesellschaften und ist aktiver Förderer der Jabloko-Partei. Die hält er, weil sie ehrliche Wirtschaftsreformen und demokratische Verhältnisse in Rußland will, für die einzig ernstzunehmende politische Gruppierung. Gerade in jüngster Zeit zeigt Slobow Ambitionen, sich in der Partei zu engagieren.

Weshalb, fragt sich Barjuschin, wird Slobow in dem ETN-Film als Krimineller gezeigt? Der Mann ist nicht mal organisiert.

»Was hat denn ausgerechnet Slobow in meinem Film zu suchen?« poltert Kabantschik, als er sich zusammen mit Barjuschin die Reportage anschaut. Überrascht sehen die beiden einander an. Slobows Name wurde im Film gar nicht genannt!

Barjuschin zieht erstaunt die Augenbrauen hoch und läßt einen Versuchsballon los: »Sie unterschätzen mich, Genosse General.«

Kabantschik ist überfordert. Woher kennt Barjuschin Slobow? Er muß ihn ja kennen, sonst wäre der nicht in diesem Film. Ob Barjuschin vielleicht auch die Sache mit den Neffen weiß, und der Lizenz? Und womöglich sogar die ganze Geschichte mit den Wohnungen? Barjuschin ist Verbindungsoffizier des russischen Geheimdienstes. Als könnte man denen etwas vormachen. Bei dem Gedanken wird Kabantschik plötzlich kleinlaut: »Entschuldige, Genosse. Manchmal vergesse ich, für wen du eigentlich arbeitest.«

Barjuschin schweigt.

»Also ...«, räuspert sich der General. Und denkt *so* langsam. Wenn Barjuschin von den Wohnungen weiß, und wenn Barjuschin zu ihm hält, ... er hält doch zu ihm? Der will doch auch was werden, wenn er selbst was wird. Also fragt Kabantschik noch: »Dann weißt du auch von den Wohnungen?«

Barjuschin nickt und schweigt noch immer.

»Und du hast Slobow in die Mafiasache reingezogen, um ihn unter Druck zu setzen, nicht wahr? Na, da wird er aber gucken!«

Kabantschik lacht etwas aufgesetzt und wird immer nervöser, weil Barjuschin überhaupt nichts sagt. Das FSB wird ihm doch keinen Strick drehen wegen der Lizenzen oder der Neffen damals? Kabantschiks Hirn schlägt Purzelbäume. Rumpelt weiter einen Berg hinunter und weiß, unten angekommen, endlich: aber sicher wird man ihm Schwierigkeiten machen, wenn das rauskommt! Jetzt muß er mit Barjuschin teilen, ob er will oder nicht. Sonst reißt der ihn rein.

»Willst du vielleicht ... will dein Sohn, der gute Sascha, eine meiner schönen Töchter heiraten und mit ihr einziehen?« fragt er hilflos.

Nun lacht Barjuschin auf. Und sagt weiter kein Wort.

»Also gut, mein Freund. Halbe-halbe. Eine Wohnung für deinen Sohn, eine für meine Töchter, ohne Familienanschluß. Einverstanden?«

»Einverstanden«, sagt Barjuschin ganz einfach. Und hat nicht die geringste Ahnung, worum es überhaupt geht.

Kabantschiks Gesicht bekommt wieder etwas Farbe. Er steht auf, geht an den Schrank und holt eine Flasche raus: »Das hast du aber verdammt gut hingekriegt, das mit dem Slobow. Donnerwetter. Meine Hochachtung, Sergej Petrowitsch, meine Hochachtung!«

Er will Barjuschin auch einen Drink anbieten, erinnert sich aber rechtzeitig: »Ach ja, du trinkst ja nicht. Vielleicht bist du deshalb so ein schlauer Kerl. Ich sollte auch weniger saufen. *Sa nasche sdarowje.*« Und kippt nicht den letzten Wodka dieses Tages.

Barjuschin stellt noch wie beiläufig ein paar Fragen, um herauszufinden, was Kabantschik mit diesem Slobow zu schaffen hat und um welche Wohnungen es überhaupt geht. Bis er sich die ganze Geschichte zusammenreimen kann. Der General erwähnt sogar die Geschichte mit den Neffen und der Lizenz und fleht ihn schließlich an: »Führ du die Verhandlungen mit ihm. Mich hat er über, der Kerl. Du bist viel schlauer, du wirst mit ihm reden. Gibt er uns die Wohnungen, werden wir seine Ehre wiederherstellen. Das können wir doch, oder? Seine Ehre wiederherstellen? Wir haben doch einen tollen Draht zum Fernsehen. Die stellen seine Ehre wieder her.«

Kabantschik fürchtet sich. Fürchtet sich vor seiner Frau.

Barjuschin aber geht leichtfüßig den herrlichen Weg von der Akademie zur Metrostation. Es ist warm, kein einziges Wölkchen am Himmel. Am Eingang zur Michael-Erzengel-Kirche steckt er einem Krüppel tausend Rubel zu. Hier betet die Präsidentengattin zu Ostern, deshalb glänzen die Kuppeln wie neu, und der Glokkenturm steht kerzengerade.

Es sind noch sechshundert Meter geradeaus zur Metro. Oder nach rechts, über den Wernadskogo und Leninskij Prospekt, hinter die Lumumba-Universität. Vielleicht tausend Meter, oder etwas mehr. Barjuschin zieht sein Jackett aus, legt es sich über die Schulter und wechselt die Richtung. Die Häuser von Slobow will er sich ansehen.

Er neidet den neuen Reichen ihren Reichtum nicht. Aber was er ihnen von ganzem Herzen neidet, ist, daß sie zur richtigen Zeit im richtigen Alter am richtigen Ort waren. Jung genug, die Perestroika im eigenen Hirn zu gestalten. Und klug und mutig genug, damit fertigzuwerden; etwas Eigenes zu schaffen. Die Freiheit, zu denken, hatte er sich mühsam geschaffen. Die, zu handeln wie er wollte, gab man ihm zu keiner Zeit.

Vier Sprachen hat er gelernt, aber nie durfte er raus! Er war noch nie in einem Land, in dem eine der Sprachen gesprochen wird, die er beherrscht. Sie haben ihn nicht rausgelassen. Wie ein Kind mußte er still warten, ob ihm jemand die Tür öffnet. Jahrzehnte warten. Aber keiner hat es je getan. Sein Talent hat er vergeuden müssen an diese ... nun stocken seine Gedanken. Die alte Furcht steckt selbst ihm in den Knochen.

Weshalb hat er alles schweigend hingenommen? Weshalb hat er geduldig wie ein Schaf auf den Hund und Hirten gewartet, statt eigenverantwortlich zu handeln?

Als Kind war er jeden Sommer in einem Pionierlager am Schwarzen Meer. Am Strand stand ein Turm. Darauf eine Frau in kurzen weißen Hosen und einem weißen Hemd. Sie hatte ein Megaphon. Damit die Kinder sich nicht die Haut verbrennen, rief sie alle fünf Minuten in ihr Megaphon: »Auf den Rücken!« Und er drehte sich auf den Rücken.

Nach weiteren fünf Minuten schrie sie: »Auf den Bauch!«

Dann: »Linke Seite!« Er drehte sich.

»Rechte Seite!« Alle Kinder drehten sich wieder wie Schaschlikspieße.

Dann: »Alle ins Wasser!« Er ging mit den andern ins Meer. Er ging auch wieder raus, wenn sie schrie. Tausend seiner Geschichten gleichen dieser.

Er seufzt, als er Slobows Häuser findet. Sie sind überwältigend. Seine zukünftigen Enkelkinder könnten hier ohne Furcht vor dem Stadtverkehr aus dem Haus gehen und im Grünen spielen. Oder im Winter herrliche kleine Hügel hinunterfahren. Er würde sie begleiten, ihre Schlitten anschupsen.

An der Metrostation kauft er einer alten Frau sämtliche Tulpen ab, die sie seit Stunden anbietet. Sie bekreuzigt sich vor Dankbarkeit und segnet ihn.

Die dritte Videokassette bringt schließlich Hella mit. Sie fliegt Mittwoch nachmittag zurück nach Moskau. Bach bleibt im Westen und muß sich in Dutzenden von Talkshows fragen lassen, wie er in Moskau in Sachen Russen-Mafia weiter vorgeht.

Jackie, Aljoscha und Hella schauen sich den Film zusammen an. Unmittelbar vor der bei MOSFILM gedrehten Szene wird ein junger russischer Geschäftsmann vorgestellt. Bach beschreibt ihn in seinem Kommentar als gebildet und clever. Wie ein westlicher Manager – dem ersten Anschein nach. Aber solche nach außen smarten Leute hätten in Moskau im wahrsten Sinn des Wortes ›erschlagende‹ Möglichkeiten, sich gegen Konkurrenten zur Wehr zu setzen. Dann folgt die Schießerei.

»Er hat ja doch einen Mafioso!« staunt Aljoscha. »Woher hat er den denn?« Er wendet sich an Hella.

Die schüttelt nur den Kopf. »Was weiß ich? *Du* mußt den doch kennen! Bach sagt, den hättest du an Land gezogen.«

»Ich? Bist du verrückt!« antwortet Aljoscha gereizt.

Er spult hin und zurück, schaut sich den Mann wieder und wieder an und zappelt nervös: »Wer ist denn das? Den kenne ich überhaupt nicht!« Er wühlt mit der Hand durch seine dunklen vollen Haare und weiß nicht, was er denken soll.

»Der ist aber süß!« schwärmt Jackie. »Der Body voll durchtrainiert. Geil. Und so coole Augen.«

»Mein Gott«, brüllt Aljoscha jetzt. »Wieso hat Bach den mit vollem Gesicht gezeigt? Ist der verrückt? Wieso hat er keinen schwarzen Balken draufgezogen? Wißt ihr überhaupt, was passiert, wenn man sich mit solchen Typen einläßt? Und Bach hat gesagt, *ich* hätte den besorgt? O zum Teufel!«

Hella starrt Aljoscha an. Sie kann seine Angst fast greifen. Aljoscha sieht sich schon auf einer Beta-Kassette, die die Kollegen mit sensationsgeilem Schaudern hin- und zurückspulen. Zerstückelt wird Alexej Ivanowitsch Dranow auf alle ETN-Räume verteilt liegen, sein schönes russisches Blut wird an den Wänden kleben, neben Hellas Ereignisvorschau. Wie bei der Zeitung *Moskowskij Komsomolez*, wie mit Dimitrij Cholodow. Der war drauf und dran zu beweisen, daß ranghohe russische Militärs Waffen aus Ostdeutschland in die Welt verschoben haben. Und prompt ist er samt seinem tollen Material in die Luft geflogen. Eine Paketbombe haben sie ihm untergeschoben. Keine dreißig Jahre alt ist der Mann geworden. Denen ist doch ein zerfetzter Journalist egal. Bis heute hat niemand die Täter dingfest gemacht.

Sarkastisch sagt Aljoscha: »Wenn die mich in die Luft jagen, kann Bach noch einen draufsetzen. Mein eigener Chef wird mich für einen Tag als Aufmacher mißbrauchen. Dann fange ich an zu stinken und werde abgelegt.«

»Jetzt übertreib aber mal nicht.« Hella schüttelt den Kopf. Russen lieben es, ihren eigenen Untergang zu inszenieren. Aljoscha auch.

»Wie sollte ein Russe diesen Film sehen? ETN wird hier nicht ausgestrahlt.«

»Leichenfledderer sind das, die mit solchen Nachrichten handeln«, stöhnt Aljoscha. »Die Werbung gut verkaufen mit meinem Blut! Vor der Kamera wischen sie sich die Tränen und drinnen reiben sie sich die Hände bei den Quoten, die meine Leiche macht.«

»Aljoschinka.« Hella legt ihren Arm um seine Schulter. »Leonard, ich und auch du sammeln seit vielen Jahren ohne Skrupel Leichen und zeigen sie her. Jetzt, wo es dein eigener Leib werden könnte, hältst du es für schamlos.«

Nun hat Aljoscha auch noch Tränen in den Augen.

»Haste Schiss?« fragt Jackie.

Hella beruhigt ihn weiter: »Bach zeigt einen reichen Russen, mehr nicht. Und danach zeigt er eine Schießerei. Aber er sagt nicht, daß genau dieser eine Reiche eben jene Schießerei veranlaßt hat.«

»Hella! Du bist doch nicht so naiv, wie du gerade tust. Du weißt doch ganz genau ...«

Da unterbricht ihn Jackie: »Es sieht aber so aus, als ob.«

»Eben!« Aljoscha zittert: »Und wenn dieser reiche Russe sich in dem Film so sieht, macht er uns kalt. *Mich* macht er kalt. Der wird irre vor Wut.«

»Aber die Schießerei ist doch gar nicht echt!« mischt sich Jackie erneut ein. »Das mußte der Hella überhaupt erstmal erzählen.« Jackie selbst berichtet von ihrem Ausflug ins marode Hollywood des Ostens.

Hella fragt besorgt: »Habt ihr Bach darüber informiert?«

»Ja«, ruft Aljoscha verzweifelt. »Noch vor der Ausstrahlung. Aber es hat ihn nicht interessiert!«

»Nicht die Bohne gejuckt!« ergänzt Jackie.

Hella fragt weiter: »Und wo kommt der Mafioso her?«

»Ich hab den Mann noch nie gesehen«, beteuert Aljoscha.

Hella starrt vor sich hin. Aljoscha zittert. Sogar Jackie hält jetzt den Mund.

Schließlich atmet Hella tief durch und gesteht: »Ich bin schuld.«

»*Du* hast den besorgt?« fragt Aljoscha entsetzt.

»Nicht direkt. Ich kenne den Mann auch nicht. Aber ich habe Leonard ein paar Hemmungen zuviel genommen.«

Nervös geht sie zum Schrank und gießt sich einen Whisky ein. »Laß die Kassette weiterlaufen«, fordert sie Aljoscha auf. »Bach hat noch mehr von diesem Mann.«

Als endlich der namenlose Mafioso in der Moskauer Börse gezeigt wird, hört Aljoscha auf zu zittern.

»Das ist ja nicht zu fassen!« staunt er nur. Hält die Kassette an, spult sie zurück. Dann wieder vor. Wieder langsam zurück. Hält schließlich ein Bild an und starrt auf den Monitor. Geht so nah ran, als betrachte er eine seltene Briefmarke.

»Und?« fragt Hella.

»Schau dir das an«, zeigt Aljoscha auf den Bildschirm. »Die Börse hat keine Tribüne.«

»Ja und?«

»Kennst du die Börse? Warst du mal da?«

»Nein.«

»Die Börse ist das frühere Hauptpostamt, liegt an der Metrostation *Turgenewskaja*. Ein prächtiges Haus, vor der Revolution gebaut. Drin ist eine große Halle, umrahmt von einer Galerie. Auf der einen Seite steht noch immer die Leninbüste. In der Mitte der Halle haben sie dieses Karree gebaut.« Aljoscha tippt auf zwei Stellen des Bildschirms: »Das ist das Karree. Hier und dort an den Ecken finden Versteigerungen von Kontrakten und Optionen statt, schon zu Gorbatschows Zeiten haben sie damit angefangen. Die ersten russischen Börsianer haben keine Aktien gesehen, sondern frühkapitalistisch getauscht: eine Tonne Tabak gegen vier Tonnen Erbsen. Hier stehen Leute herum, die sich an ein paar klapprigen Seitentischen registrieren lassen. Diese Tische gibt es nicht mehr.«

Aufgeregt lehnt sich Aljoscha zurück und wartet auf eine Reaktion von Hella. Aber Jackie meckert dazwischen: »Eben hat er noch so schön von Leichen erzählt und so, und jetzt nölt er ewig an so'm Börsenscheiß rum. Komm mal auf'n Punkt!« Auch Hella ist ratlos: »Ich verstehe nicht, was du damit sagen willst.«

»Die Börse hat heute eine Tribüne«, erklärt Aljoscha. »Rundherum haben sie Stufen gebaut. Hier herum, jede vielleicht zwei Meter tief. Die Makler sitzen in Boxen darauf; von drei Seiten begrenzt, aber den Blick frei auf das Parkett.«

Hella und Jackie starren auf das Bild, das Aljoscha eingefroren hat.

»Da klappert kein Tisch mehr«, versichert Aljoscha. »Die sitzen heute vor Computern, die halten ihr Handy hoch und reden englisch, wenn's sein muß!«

»Komm zu Potte. Was soll das jetzt heißen?« fragt Jackie.

Hella weiß es: »Die Bilder sind alt. Bach hat sie nicht für seine Mafia-Reportage gedreht, sondern aus seinem Archiv genommen.«

Aljoscha schüttelt den Kopf: »Nein, Hella. Ich kenne alles, was wir gedreht haben. Ich kenne auch das, was wir eingekauft haben. Diese Bilder, dafür lege ich meine Hand ins Feuer, sind keine ETN-Bilder.«

»Woher hat er dann den Mann?« fragt Hella. Und ahnt bereits, was passiert ist. Auf einer Masterkassette, die Leonard ihr nach Berlin mitgegeben hatte, war eine japanische Aufschrift. Er hatte sich nicht mal die Mühe gemacht, das Material auf eine neutrale Kassette zu kopieren. Noch vor zwei Wochen hatte sie sich nichts dabei gedacht.

»Von irgendwo mitgenommen«, vermutet Aljoscha.

»Eij«, ruft Jackie dazwischen. »Betrogen hatter! Sich was aus den Fingern gesogen. Ne alte Knotte aus'm Regal gezogen. Wenn ich das Ruck-Zuck erzähle, da werden die aber staunen! Da senden die mich von morgens bis abends mit der Geschichte.« Jackie tut, als halte sie ein Mikrofon in der rechten Hand: »Das war Jackie Tannenbaum aus Moskau exklusiv für Radio Ruck-Zuck.«

Hella rollt mit den Augen. Atmet tief durch, wendet sich aber zuerst an Aljoscha: »Wir werden die Sache schon hinbiegen. Sind die Bilder alt, gibt es faktisch niemanden, der dich oder uns bedroht.«

»Hella, den Mann gibt's wahrscheinlich immer noch. Der war damals jung und wird es auch heute noch sein. Wenn er pleite ist, haben wir Glück gehabt. Dann kann er sich keine Schläger mehr leisten. Aber wenn er noch immer im Geschäft ist, habe ich ein Problem.«

»Aljoscha, deine Phantasie geht mit dir durch. Wir werden das Mißverständnis aufklären und, wenn nötig, richtigstellen. Hab keine Angst.«

»Wie denn, Hella? Allein rauszukriegen, wer dieser Mann ist, kostet mich Tage!«

»Aljoscha, mich kostet es fünf Minuten über den Flur und ein freundliches *semimassé* mit Verbeugung.«

»Nein!« Aljoscha versteht sofort.

Und Hella schlägt Jackie entschlossen auf die Schulter: »Laß das mal lieber sein mit deinem Ruck-Zuck, mein Kind. Was ist schon dein Provinz-Radio gegen eine richtige Reporter-Karriere? Es wird Zeit, daß du lernst, wie man Fernsehen macht. Und wir beide, Aljoscha und ich, helfen dir dabei. Was hältst du davon?«

Jackie strahlt: »Fernsehen is geil, eij. Subber.«

II

Mehrmals täglich sperren GAI-tschiks, die russischen Verkehrspolizisten, auf den wichtigsten Moskauer Einfallstraßen den Verkehr, weil russische Politiker freie Fahrt brauchen. Deren Status wird wie zu Sowjetzeiten an der Geschwindigkeit und Anzahl der Begleitfahrzeuge gemessen. Der Präsident bringt es auf 120 km/h durch die Innenstadt und eine Kolonne von zwanzig Wagen: Polizei, Leibwache und Geheimdienst. Dazu ein paar Minister inklusive deren Leibwache, wenn sie den Präsidenten vom Flughafen abholen müssen.

Ein Nichts von Unter-Staatssekretär läßt sich von mindestens drei Polizeiwagen und seiner Schreibkraft eskortieren, wenn er mal eben im Garten seiner Datscha nachsehen will, ob die Radieschen gewachsen sind.

Ausländische Unterhändler und Staatsoberhäupter lassen sich in Moskau auch gern durch die Straßen fliegen.

»Wenn der Kanzler kommt«, sagt Hella, »wenn der mal kommt, ob der weiß, daß er auf dem Weg vom Regierungsflughafen zum Kreml genau an meinem Wohnzimmerfenster vorbeifährt? Ob der spürt, daß zwei Tage vorher die Kreuzung frisch geteert wurde, nur damit der Mann nicht hoppeln muß? Daß extra für ihn die Ampeln frisch gestrichen, die Straßen gekehrt und die Bäume gekalkt wurden? Er wird es nicht wissen. Der guckt an meiner Kreuzung nicht mal aus dem Fenster. So oft hab ich schon gewunken; am Balkon gestanden und ihn erwartet: er hat mich nie bemerkt.

Das nächste Mal stell ich mich an die Straße.

Er wird mich für eine Laterne halten.

Nein, ich stell mich hin und winke. Schwenke ein Fähnchen in seinen Farben. Dann hält er an!

Ich sag zu ihm: ›Kanzler! Gut, daß du anhältst. Ich kenn mich hier aus, ich bin schon Jahre hier. Ich schenke dir jetzt mein Know-how, meine russische Essenz sozusagen. Was immer du hier in Rußland erreichen willst, mach's wie ich. Lerne von Hella McFinn. Ich weiß Bescheid. Ich sage dir jetzt, schreib mit:

Beschmeiß sie mit Geld! Willst du Frieden oder Krieg, freie Wahlen, Öl oder Gas, einen Stempel oder die Nato-Osterweiterung? *Throw money at them*, wie wir Schotten sagen. Erstick sie in ihrer Gier! Es gibt keine anderen Wege, ich bin sie alle gegangen. Glaub mir, spar dir die Mühe. *Throw money at them*. Ach, das tust du schon seit Jahren? Das funktioniert überall so? Prima, Kanzler. Man sieht sich. Wir telefonieren.‹ Und weg ist der Mann.«

Neureiche Russen fahren in gepanzerten und schwarz abgedunkelten Mercedeslimousinen ins Büro. Antennen kleben am Autodach, und ein Blaulicht à la Kojak sorgt für den nötigen Respekt, den man braucht, um mit 120 km/h ohne Eskorte durch die Stadt zu rasen.

Slobow ist reicher als neureich und hat es nicht mehr nötig, das zu zeigen. Um nicht zu sehr aufzufallen, läßt er sich in einem beigen Volvo von seinem Bungalow ins Büro fahren. Sein Bodyguard folgt ihm mit etwas Abstand in einem schwarzen BMW.

Sein Büro liegt in der Prechistenka 32, der ehemaligen Kropotkinskaja Uliza; ganz in der Nähe des Puschkin-Museums. Das Haus mit den fünf Stockwerken hat Moskauer Charme und Patina; kein neureicher Glimmer oder gar reflektierendes Fensterglas verrät, was sich dahinter verbirgt. Über der Eingangstür steht *konzertni sal*. Man könnte meinen, es handle sich um eine schäbige kleine Musikschule. Einzig zwei kleine Überwachungskameras lassen einen besonderen Ort vermuten.

Slobow hatte,wie alle russischen Händler der ersten Stunde, ein Faible für ungewöhnliche Geschäftsräume. Anfang der Neunziger hatte er ein Computergeschäft in einem Kindergarten untergebracht. Die Leitung ließ ihm drei Räume, dafür zahlte er die täglichen Mahlzeiten für Personal und Kinder. Kein Dieb konnte ahnen, daß dort teure Computer lagerten; nur die Kunden waren informiert.

Eine Zeitlang hatte er sogar mal mit Wannen, Toiletten und Waschbecken aus Italien gehandelt, die in der Musikalienhandlung verkauft wurden, in der er seine erste Flöte erworben hatte. Heute noch werden im Moskauer Kinderkaufhaus, dem *Detski Mir*, Autos zum Kauf angeboten; zwischen Holzklötzchen und Sandkastenbedarf.

Als er am frühen Morgen in die Halle seines Bürohauses kommt, warten bereits vier fremde Bodyguards in labbrigen Nylonpullovern. Ihre Schuhe sind schmutzig, die Hosen abgewetzt, aber am Handgelenk eine gefälschte Rolex.

»Behalt die Rüpel im Auge«, bittet Slobow seinen eigenen Begleiter. Also setzt sich sein zivilisierter Schläger mit einigem Abstand zu den anderen an den Tisch, wechselt aber kein einziges Wort mit ihnen. Slobows Mann hat auch einen breiten Rücken und einen starken Nacken, aber über seinen Muskeln spannt sich ein italienisches Jackett. Er trägt eine Goldrandbrille; sein Haar ist blond gesträhnt und westlich geschnitten.

Jemand muß den anderen Männern zu essen gegeben haben. Sie kauen mit offenem Mund und benutzen nur den Löffel; halten ihn wie einen Spaten. Stützen sich mit dem linken Ellbogen auf den Oberschenkel. Hängen schief am Tisch und schaufeln das teure Essen in sich rein, als sei es *Kascha* mit Zimt und Zucker.

In seinem Büro wartet ein Parteifreund, der die vier Schläger mitgebracht hat. Er weiß erstaunlich genau, was vorgefallen ist und gibt Slobow den Rat, die Sache sehr ernst zu nehmen.

»Dieser Film macht dich verantwortlich für mehrfachen hinterlistigen Mord. Wenn das einer sieht, der solche Sachen tatsächlich veranlaßt, hält er dich für einen Konkurrenten. Die werden dich besuchen kommen! Meine *Muschiks* da unten haben dagegen Argumente, die diese Leute verstehen.« Zur Demonstration zeigt er Slobow die geballte Faust: »So was brauchst du jetzt.«

»Ich weiß nicht«, windet sich Slobow. Ihn ekelt die Nähe solcher Typen. »Ich zahle pünktlich und großzügig, aber ich gehöre nicht dazu. Das wissen die doch genau. Da kann ein ausländisches Fernsehen behaupten, was es will; das interessiert diese Kreise doch gar nicht. Nicht mein Leben ist gefährdet, sondern mein Ruf als Geschäftsmann. Das ist das Drama! Dieser Kabantschik, der in dem Film ein Interview gibt, hat mir das eingebrockt. Er wollte mich erpressen, und ich bin nicht drauf eingegangen. Nun hat er mich als Kriminellen denunzieren lassen.«

»Was hast du denn mit dem?«

»Ach«, winkt Slobow ab. »Das ist eine lange Geschichte, und auch nicht ganz sauber.«

»Was ist schon sauber in diesen irren Zeiten?« Der Freund rät ihm, in dieser Sache mit einem Mitarbeiter Kabantschiks zu reden. Barjuschin heiße er, Verbindungsoffizier des FSB und beauftragt, Kabantschik abzuschöpfen und kleinzuhalten.

»Bei diesem Mann triffst du auf einen, der Kabantschik fertigmachen soll, aber sein volles Vertrauen genießt. In deiner Situation der ideale Gesprächspartner.«

Barjuschin hat mit Slobows Einladung gerechnet. Er selbst hatte den Parteifreund gebeten, am frühen Morgen bei Slobow aufzutauchen und ihn, Barjuschin, ins Gespräch zu bringen. Am selben Nachmittag schon ist er in die Prechistenka 32 geladen.

»Nicht gerade konspirativ, dieser Ort«, lacht ihn Slobow zur Begrüßung an.

»Was heißt das schon«, erwidert Barjuschin ebenso fröhlich. »Die beste Tarnung ist, sich auf dem Roten Platz zu treffen. Die geheimsten Gespräche habe ich in der Warteschlange zum Lenin-Mausoleum geführt.«

Barjuschin mag Slobow auf Anhieb. Sein kräftiger Händedruck, sein gesundes, jugendliches Aussehen. Wenn sein Sohn Sascha doch nur ein bißchen von diesem Mann hier hätte!

Der Geschäftsmann Slobow ist mit einem Olympioniken vergleichbar: »Ich habe ein Ziel vor Augen und gehe es an. Mit allen Mitteln, mit aller Kraft.« Er trinkt zu Barjuschins Freude Karottensaft: »Noch vor kurzem hatte ich hier allein das Sagen. Wer allein gedacht hat, wurde gefeuert! Heutzutage muß ich mich umstellen. Mitarbeiter sollen eigenverantwortlich handeln. Unser Rußland verändert sich rasant, nicht wahr?«

Die beiden Männer sitzen entspannt in schwarzen Ledersesseln und reden miteinander, als gäbe es keine Probleme zu lösen.

»Man hat mir gesagt, Sie sprechen Fremdsprachen?« fragt Slobow.

»Deutsch, englisch, japanisch und französisch«, antwortet Barjuschin.

Slobow schüttelt den Kopf: »Was für ein Kapital steckt in Ihnen, lieber Gott. Das kann man gar nicht bezahlen. Ich habe meine besten Jahre an eine Flöte verschenkt. Und was nützt das jetzt?« Er lacht wie ein Junge. »Und in welchem dieser Länder hat es Ihnen am besten gefallen?«

Barjuschin tut, als habe er nicht hingehört: »Sie wollten mit mir sprechen. Worüber, wenn ich fragen darf?«

Slobow läßt nicht locker: »Sie waren nicht im Reisekader?«

»Nein.«

»Sie sprechen vier Sprachen und waren nicht im Ausland?«

»Was kümmert Sie das?«

»Man hat Sie um Ihr Leben betrogen!« entrüstet sich Slobow.

Das ist für Barjuschin keine Offenbarung: »Junger Mann, ich kann Sie ins Gefängnis bringen! Es besteht genügend Anlaß, Sie der Korruption zu beschuldigen. Und des Mißbrauchs einer Importlizenz der Armee-Veteranen.«

Slobow steht auf, geht ans Fenster, sieht hinaus und atmet tief durch. Dann dreht er sich wieder zu Barjuschin um und sagt: »Ich bin während des XX. Parteikongresses im Februar 1956 geboren. Ausgerechnet als Chruschtschow seine Geheimrede hielt und darin Stalins Fehler und Verbrechen aufdeckte, wie Sie wissen. Es hat dreißig Jahre gedauert, bis ein Gorbatschow möglich war. Und wieder wird es dreißig Jahre und somit eine ganze Generation brauchen, bis wir einigermaßen geordnete Verhältnisse haben.«

»Wenn nicht noch länger«, stimmt Barjuschin zu.

Slobow fragt vorsichtig: »Wird es nicht langsam Zeit, daß auch

Sie sich auf eine bessere, neue Welt einstellen? Statt weiter eingesperrt zu bleiben und sich als Schnüffler zu betätigen?«

Barjuschin läßt sich das Wort gefallen: »Was ist neu an unserer Welt? Es gibt ein paar, die haben alles. Die meisten anderen haben nichts. Wie gehabt. Das war schon früher so. Es wird bedroht, bestochen und erpreßt. Wie gehabt. War auch schon früher so.«

Slobow stimmt mit ein: »Selbst die Bedroher und Erpresser sind dieselben wie früher. Wir beide wissen doch, weshalb Sie hier sind. Ist der Erpresser ein neuer russischer Mafioso, der aus dem Nichts auftaucht? Nein, es ist einer aus der alten Garde! Wir können doch offen miteinander reden, Sergej Petrowitsch?«

»Reden wir miteinander, Konstantin Michailowitsch«, antwortet Barjuschin ruhig.

Slobow geht im Zimmer auf und ab, während er spricht: »Was erzählen die Leute immerzu von der russischen Mafia? Es gibt keine russische Mafia! Natürlich gibt es mehr Diebe und Gauner seit der Perestroika. Aber das sind doch kleine Fische und nicht die organisierte Kriminalität. Organisiert war die sowjetische Nomenklatura. Heute sitzen viele dieser Leute noch immer oben, sind Konzerndirektoren geworden oder haben eine Bank gegründet. Sie haben nichts von ihrer Macht eingebüßt. Sie kennen sich aus, haben die richtigen Kontakte und sind gierig; sind es schon immer gewesen. Früher sind sie im Verborgenen brutal vorgegangen, heute steht manches davon in der Zeitung. Früher nannte man sie Parteiapparat, heute Russen-Mafia. Wo liegt der Unterschied? Sie sind in ein demokratisches Gewand geschlüpft. Aber selbst wenn die Farbe ihres Rockes wieder wechseln sollte, werden diese Leute zu den Gewinnern gehören.«

»Und Sie, was sind Sie?« fragt Barjuschin provozierend. »Reich geworden und gut geblieben?«

»Das ist in Rußland nicht möglich. Das wissen Sie genau!« antwortet Slobow. »Das ist nirgendwo auf der Welt möglich. Aber ich bringe keine Menschen um. Ich beauftrage oder zahle keine Killer, um Konkurrenten loszuwerden. Wer ist verantwortlich für die Schießerei in dem Film? Ich jedenfalls nicht.«

»Das war keine echte Schießerei, sondern ein Ausbildungsfilm des FSB«, klärt ihn Barjuschin auf. »Es gibt eine ganze Reihe davon. Die Abteilung wollte Strategien von Killerkommandos vorführen. Wir haben sie dem deutschen Korrespondenten aufgeschwatzt, damit der was zu zeigen hat. Als Gegenleistung wurde Kabantschik im Film als kleiner Held gefeiert.«

»Und der General hat behauptet, ich sei ein Mafioso?«

»Hat er nicht. Sie wurden zu keiner Zeit erwähnt. Ich habe ehrlich gesagt keine Ahnung, wie Sie in diesen Film geraten sind. Wann haben Sie sich von diesem Bach filmen lassen?«

»Ich habe nie mit ihm geredet. Ich kenne diesen Mann überhaupt nicht!« beteuert Slobow.

»Was ist mit Ihrem Haus, dem Geld und dem Safe?«

»Das war vor drei Jahren; ich war damals noch dumm genug, das mit mir machen zu lassen. Aus purer Eitelkeit. Und es war für das japanische Fernsehen! Ich dachte, das sieht doch niemand, der mich kennt. Ich mache keine Geschäfte in Japan.«

»TV Tokio ist im selben Haus wie ETN. Die teilen sich die Studios«, weiß Barjuschin.

»Ja, und wie komme ich von Japan nach Europa?« fragt Slobow.

»Der Deutsche wird sich im japanischen Archiv bedient haben. Er brauchte einen Mafioso, da hat er sich den Slobow aus dem Regal geholt und zum Bösen in seinem Film gemacht.«

»Es ist nicht zu glauben. Was denkt der sich eigentlich dabei? Diese Leute sollten Spielfilme machen, statt sich an der Wirklichkeit zu vergreifen«, entrüstet sich Slobow.

Barjuschin grinst: »Wir haben unseren Medien früher die Order gegeben, mindestens dreimal täglich den hochverehrten Generalsekretär zu zeigen, die Errungenschaften des Sozialismus herauszustellen und jede Mißernte als neuen Rekord zu melden.

Den westlichen Medien scheint die Order gegeben zu sein, den Staat und seine Politiker zu verunglimpfen, Kriminalität und Naturkatastrophen hervorzuheben und den Zuschauern die Zukunft schwarz zu malen, auch wenn sie in den reichsten Ländern der Welt leben.«

»Wer gibt diese Order?«

»Der Markt! Der Markt will die Ware Nachricht. Und die Nachricht muß schlecht sein, damit sie zu verkaufen ist. *Good news are bad news*. Eine der ältesten Regeln im Journalismus. Dieser Bach hatte keinen Bösen, da hat er sich einen gemacht.«

»Aber *ich* war in dem Film zu sehen. Mein Gesicht! Jetzt denkt man in Europa von mir, ich sei in Wirklichkeit ein Krimineller, der Schießereien anzettelt. Was glauben Sie, was das für Folgen hat!«

»Dieser alte Journalist hat in seinem Leben nichts anderes gemacht, als in eine Maschine zu starren, die Nachrichten spuckt«, erklärt Barjuschin. »Millionen Worte sind auf seinen Schreibtisch gefallen. Kein Erdbeben, das gemeldet wurde, hat er je durchlitten; keinen Sohn durch einen Flugzeugabsturz verloren. Keine Granate hat seinen Fuß zerfetzt, keine Chemiefabrik seine Lunge verätzt. Er spürt nicht mal mehr das große Glück, bislang keinem Unheil ausgesetzt gewesen zu sein. Deshalb können Sie ihm auch keinen Vorwurf machen. Er hat das Bewußtsein darüber verloren, daß es den Mann auf dieser Kassette *wirklich* gibt.«

Slobow setzt sich wieder in seinen Sessel, Barjuschin gegenüber. Deutlich entspannt fragt er: »Was will dann Kabantschik von mir, wenn er mich in diesem Film gar nicht hat diffamieren lassen?«

Barjuschin hat im Laufe des Gesprächs mit diesem kultivierten Mann verstanden, daß er für seine noch ungeborenen Enkel einen anderen Schlittenhügel suchen muß. Er hat ohnehin nie zur Erpressung zu seinen Gunsten getaugt.

Er antwortet: »Der General glaubt, nach unserem heutigen Gespräch erfüllen sich gewisse Wünsche, die er Ihnen bereits genannt hat.«

»Der will mir zwei Luxuswohnungen abschwatzen, der Verrückte«, verrät Slobow. »Bloß wofür?«

»Ich sollte ETN dazu bringen, einen Film über Sie zu machen. Darin würde Ihre Ehre wiederhergestellt.«

»Diesen Einfluß können Sie nicht haben!«

»Aber sicher habe ich ihn«, grinst Barjuschin.

Slobow lächelt erleichtert zurück: »Sie könnten noch was werden in diesem Land, Sergej Petrowitsch. Fangen Sie bei mir an. Es ist nie zu spät, die richtige Seite zu wählen. Ich hätte gern einen intelligenten Mitarbeiter, der sich im Apparat auskennt. Noch vor Jahren hatte ich gedacht, die neue Zeit sei angebrochen und der Apparat würde aussterben. Nun aber denke ich, er bleibt. Mit Ihren Kontakten und Ihren phänomenalen Sprachkenntnissen kommen Sie mir gerade recht. Mit mir werden Sie reisen!«

»Ich danke Ihnen für das Angebot, aber ich werde mich nicht mehr verändern«, sagt Barjuschin, und fügt hinzu: »verändern können. Ich verstehe, daß Sie mir etwas geben wollen. Nehmen Sie meinen Sohn als teures Pfand. Sascha ist jung und braucht eine Herausforderung. Bilden Sie ihn aus und führen Sie ihn ein in die internationale Geschäftswelt. Sie können ihm das bieten, wonach ich mich mein Leben lang gesehnt habe. Und sorgen Sie dafür, das sein Auskommen für alle Zeiten gesichert ist.«

Jetzt war sich Slobow sicher: »Einverstanden.«

Die beiden reichen einander die Hand.

12

Hella wird vom Berliner Nachrichtenchef angerufen. Es geht um das Gipfeltreffen des amerikanischen und russischen Präsidenten am Wochenende darauf in Moskau. Bach werde noch nicht zurück sein, erzählt er: »Der sitzt gerade in einer irischen Talkshow. Wir werden euch eine Vertretung aus der Zentrale schicken.«

»Wen?« Hella graut vor Glocke.

»Glocke kommt.«

»Ne, Martin, hör mal zu. Wir haben seit Wochen diese Hörfunkfrau aus Süddeutschland hier. Sie hat sich gut eingearbeitet und täglich den Umgang mit der russischen Bevölkerung gepflegt (Aljoscha sei Dank!). Ich denke, sie ist soweit. Gib ihr eine Chance.«

»Hella, sie wird live draufmüssen. Was machen wir, wenn sie einbricht?«

»Sie war jahrelang live auf Sender.«

»Im Hörfunk, Hella. Ich bitte dich. Fernsehen ist was ganz anderes. Stell dir vor, sie popelt!«

»Martin, sie hat noch nie gepopelt. Ein ganz aufgewecktes Kind ist das, ich leg für sie die Hand ins Feuer.«

Aber der Nachrichtenchef läßt sich nicht umstimmen: »Hella, wir haben so viel Ärger mit den Radioleuten. Der Programmchef hat sie im Dutzend eingekauft für die Spielshows am Vormittag, weil sie so billig sind. Aber man muß ihnen die Hände festbinden, sonst fuchteln sie damit herum. Kratzen sich am Kopf oder popeln in Nase und Ohren – es ist furchtbar. Wir haben sogar einen, den juckt es immerzu im Schritt. Ich kann keine Anfängerin für ein Gipfeltreffen einsetzen, bei aller Liebe nicht. Das hat wenig mit Journalismus, aber viel mit Prestige zu tun, das weißt du ganz genau. Im Augenblick hat Glocke erstaunlich gute Karten. Er soll nach Moskau. Morgen nachmittag kommt er an. Kümmert euch gut um ihn. Ende und tschüß.«

Nun gut, grollt Hella. Ihr habt es ja nicht anders gewollt. Und bucht Glocke ein Zimmer im heruntergekommenen Hotel *Intourist.*

Der Mann macht nur einen einzigen Bericht aus Moskau. Seine Reportage trägt den mitreißenden Titel: Hautnah miterlebt.

Schon auf dem Weg vom Flughafen in die Stadt sehe ich Reklameschilder am Straßenrand und Autos (!) auf den Straßen. Rußland ist tatsächlich kapitalistisch geworden.

Die Provinzerfahrung wird auf dem Weg von Moskau zum Touristenziel Sergejew Possad, ehemals Sagorsk, erledigt. Hier entdeckt der Journalist aus der mittleren Führungsebene *weder* Reklameschilder *noch* dichten Autoverkehr! Woraus er folgert:

Die russische Provinz ist noch nicht so kapitalistisch.

Hella hat Jackie versprochen, Fernsehkarriere zu machen, also wird die Göre den Gipfel machen. Glocke wird einfach verhindert sein.

Sie kennt einen jungen russischen Arzt, der Dienst in einer schäbigen Ecke des *Intourist* tut. Er stellt ihr alle drei Monate die Seuchenbescheinigung aus, die jeder in Rußland braucht, wenn er ein öffentliches Schwimmbad besuchen möchte. Mit Seuchengefahr nehmen es die Russen nämlich sehr genau. Dieser Arzt hat mal von Hella eine alte Waschmaschine geschenkt bekommen. Dafür zeigt er sich jetzt erkenntlich: schlurft in Glockes erster Nacht im dunkelweißen Kittel in dessen Zimmer und behauptet, gerufen worden zu sein. Bei dem verblüfften Glocke stellt er prompt die stadtbekannte Diagnose: Unklares Fieber.

Der gute Mann ahnt nichts Böses und meint: »Na gut, hab ich ein bißchen Fieber. Aber jetzt nichts wie zurück ins Heiabett!« Will schon die Decke über sich ziehen, da hört er das schlimme Tatütata. In Plastik gehüllt wird er ins Infektionskrankenhaus Nummer zwei eingeliefert. Normale Menschen bleiben mindestens zwei Wochen unter strengster Bewachung dort isoliert, bis eine gefährliche Seuche ausgeschlossen werden kann. Glocke könnte es mit viel Glück und diplomatischem Geschick der deutschen Botschaft in höchstens vier Tagen schaffen. So lange sitzt er in dieser herrlichen Klinik fest. (Bitte nie einem russischen Arzt sagen, man habe Fieber und wisse nicht, wieso. Nie nicht!)

Der Weg zu Jackies Gipfel ist frei.

Die zeigt nicht mal Dankbarkeit: »Wieso soll ich Gipfel machen? Ich denke, wir machen Mafia!«

»Er ist kein Mafioso«, erklärt ihr Hella. »Er heißt Slobow und ist Unternehmer. TV Tokio hatte seinen Namen und seine Adresse noch parat. Die haben ihn vor drei Jahren schon mal porträtiert. Ich hab Slobows Büro schon angerufen. Er erwartet uns Dienstag in acht Tagen.«

»Also bringt er Aljoscha nicht um?« fragt Jackie.

Hella schüttelt sich vor Entsetzen.

»Und wie geht so'n Gipfel?« fragt das Mädchen. Und popelt!

Hella atmet tief durch und zerrt Jackie aus dem Büro: »Aljoscha sagt dir nachher, wie ein Gipfeltreffen abläuft. Wir beide gehen erstmal einkaufen. Du siehst ja aus wie eine Pennerin.«

Hella kleidet sie bei *Stockmann* ein, einer finnischen Edelboutique am Leninskij Prospekt. Blauer Minirock, beiger Body mit Ausschnitt, Wonder-Bra und Jackett. Flache bequeme Schuhe, da Jackie in hohen nicht laufen kann. Die schwarzen Striche, die sie manchmal unter ihre Augen malt, kommen weg. Dafür wird ihr im Schönheitssalon *Krasnaja Warota* ein Make-up aufgelegt, das sie aussehen läßt wie die Chefreporterin von CNN. Aljoscha erkennt sie in Kostüm mit Schminke kaum wieder.

»Ich finde so ein Dekolleté zauberhaft«, lobt er Hellas Geschmack. »Hab aber noch keine Reporterin in Moskau so gesehen. Die sind alle hoch geschlossen.«

»Tja«, Hella ringt die Hände, »ich hätte ihr gern die Haare wie bei einer Micky Maus geschnitten, aber das Kind wollte diese charakteristischen Bögen etwas weiter unten haben.«

Jackie übt, die Beine übereinander zu schlagen und fragt: »Wie geht denn jetzt so ein Gipfel?«

»Ganz leicht.« Aljoscha starrt sie gierig an. »Die Präsidenten sagen sich im Georgensaal des Kreml ›Guten Tag‹. Links durch die Tür kommt der Russe, im Takt einer Art Hollywood-Fanfare. Rechts kommt der Amerikaner. Exakt zum letzten Ton der Musik treffen beide in der Mitte des Saales zusammen und schütteln sich die Hände. Das machen sie immer so. Der Deutsche, der Chinese oder die englische Königin; immer dieselbe Musik, immer im Georgensaal. So beginnt jedes Gipfeltreffen.«

Jackie scheint ihm gar nicht zuzuhören. Nach verschiedenen Übungen mit ihren Knien sitzt sie nun breitbeinig da. Beugt sich tief hinunter und schaut zwischen ihre Beine.

»Was machst du denn?« fragt Aljoscha unruhig. Ohne hochzusehen, antwortet sie ungerührt: »Ich muß checken, ob man meinen Schlüpfer sehen kann, wenn ich so sitze. Und wie filmen wir das?«

Aljoscha schluckt: »Den Rock?«

»Nee, du Blödmann. Den Gipfel!«

»Wahrscheinlich überhaupt nicht. Die lassen nur ausgesuchte Kameraleute und Korrespondenten zu. Das nennt man den Pool. Manchmal gehören wir dazu, manchmal nicht. Wenn wir nicht dazugehören, bekommen wir von den andern die Bilder. Der Pool steht auf einem abgesperrten Streifen an der Seite des Saales, der fünf mal einen Meter groß ist. Die Kameras können nur von da aus filmen, alle haben dieselbe Einstellung. Nur der persönliche Kameramann des russischen Präsidenten darf sich frei bewegen. Er darf die Politiker von allen Seiten drehen und das bearbeitete und vom Kreml abgesegnete Material an das russische Fernsehen geben. Dort kannst du es abgreifen.

Wenn du exklusive Bilder willst, reichst du ihm eine Beta-Kassette mit möglichst vielen Dollars dazu. Dann dreht er dir ein paar Einstellungen von der anderen Seite auf deiner Kassette mit.«

»Ah ja«, macht Jackie und zuppelt an ihrer Seidenstrumpfhose.

»Dann verhandeln die Gipfelpolitiker miteinander. Glaubt man zumindest. In Wirklichkeit haben Wochen vorher Unterhändler beider Staaten hin- und herverhandelt und Vorlagen ausgearbeitet. Nur den allerletzten Rest besorgen dann die Präsidenten selbst.«

»Wozu das alles?« fragt Jackie. »Sie könnten doch nur die Unterhändler schicken und das ganze Gipfel-Tamtam lassen.«

»Präsidenten machen einen Gipfel, um ein Ereignis zu schaffen, damit Journalisten die Regierungsarbeit ins rechte Bild setzen«, erklärt Aljoscha.

»Und was muß ich machen?« fragt Jackie. Jetzt zerrt sie am Wonder-Bra herum. »Wie viel Busen man mit so was hat«, freut sie sich.

»Dich stellen wir auf den Balkon des Hotels *Rossia*, mit der Basiliuskathedrale im Rücken. Dort hat die European Broadcasting Union zwei Hotelzimmer angemietet, die wir mitbenutzen, weil sich die Kulisse des Roten Platzes für ein Gipfeltreffen besser eignet als unsere üblichen Hintergründe. Dort sprichst du in die Kamera, was Hella dir aufschreibt. Aber ohne dich da oben anzufassen. Damit das alles wie gelackt aussieht, ist im Preis auch die Beleuchtung der Basiliuskathedrale im Hintergrund inbegriffen.«

»Wie Beleuchtung?«

»Die Russen machen extra die Scheinwerfer an. Gegen Dollar. Für zehn Minuten, während du auf Sender bist. EBU ruft da nur kurz an und sagt, wann es losgehen soll.«

»Iss ja cool.« Nun hat sie mit ihren rissigen Fingernägeln ein Loch in die Seidenstrümpfe gerissen. »Ist das doof! Ich ertrage das nich mit nix an den Beinen«, jammert sie.

Aljoscha und Hella kommen überein, daß die Korrespondentin Jackie Tannenbaum keinen Unterleib braucht. Die Kameras zeigen Reporter eh nur halb. Also darf Jackie untenrum ausehen, wie es ihr gefällt: in Aljoschas alten Jogginghosen.

Tatsächlich hat sie im Livegespräch perfekt ausgesehen. Die drei Fragen des Moderators waren vorher haarklein abgesprochen, auch die Antworten auf die Sekunde genau einstudiert. Jedes Lächeln, jede Geste – alles klappte, nichts ist schiefgegangen. Ihre gepuderten Brüste und die Basiliuskathedrale leuchteten im Moskauer Mondenschein.

»Was für eine Frau!« staunt der Chef in der Berliner Konferenz.

Auf dem Tisch ist die Nachricht, es gäbe wieder schwere Kämpfe in Grosny. Wer die Gipfel-Vertretung macht, kann auch in den Kaukasus gehen.

Aljoscha, Ivan und Jackie fliegen nach Machatschkala in Dagestan, eine Nachbarrepublik Tschetscheniens. Sie fahren bis kurz vor die Grenze nach Chasawjurt, einem kleinen Ort fünfzig Kilometer vor Grosny. Dort befindet sich ein ehemaliges Pionierlager, das seit dem Bürgerkrieg als Journalisten-Camp dient. Die russischen Männer staunen, wie gut Jackie mit den Gegebenheiten dort zurechtkommt. Das Betonloch im Boden nimmt sie als Toilette an, und Aljoscha darf sie täglich in der Banja mit Birkenzweigen verdreschen.

»Fester, noch fester«, hören die Männer sie laut jubeln.

Die Kämpfe in Grosny werden alle drei nicht erleben. Bach hat es immer so gehalten, die entsprechenden Bilder von freien russischen Kameraleuten zu kaufen, die sich an die vorderste Front wagen und auf schlimmstes Gemetzel ungeniert draufhalten. Eine Art Fernseh-Söldner, käuflich wie Kämpfer für den Krieg. Wie diese werden sie gut bezahlt, müssen aber um ihr Leben bangen.

Jackie baut sich abends zur besten Nachrichtenzeit neben ihrer Satellitenschüssel auf und berichtet live, was andere Kollegen zusammengetragen haben. Stellt sich hin: Wonder-Bra, schußsichere Weste drüber, aber aufgeknöpft, und macht die Kriegsberichterstatterin. Eingespielt werden Tote, Blut und Tränen aus Grosny. Alles macht den Anschein, als seien Jackie und ihr Team wie die tschetschenische Bevölkerung der russischen Militärgewalt ausgeliefert. Natürlich weiß jeder in der Berliner Redaktion, wie ETN vor Ort arbeitet. Dennoch bittet sie der Moderator am vierten Abend in der laufenden Sendung mit schreinemakergebrochener Stimme: »Jackie, wir bitten dich, komm zurück, das ist zu gefährlich. Verlaß die Hölle von Grosny.«

Der Dienstplan hat's eh vorgesehen. Aber die Wirkung ist gut! Was für eine Frau, diese Tannenbaum! Was für ein Sender! ETN immer hautnah dran. Dank Jackie, im wahrsten Sinn des Wortes.

Deshalb gibt es nur eitel Freude, als Jackie in der darauffolgenden Woche der Zentrale anbietet, sich mal an einer zehnminütigen Wirtschaftsreportage zu versuchen. Es werde um einen jungen und sehr erfolgreichen Russen gehen. Jackie meint, er habe das Zeug, in einigen Jahren Präsident der Vereinigten Slawischen Staaten zu werden.

»Slobow Präsident?« kritisiert Aljoscha. »Und was soll das mit den Vereinigten Slawischen Staaten?«

»Ihr werdet das so machen wie Amerika. Und wir in Europa auch«, erläutert Jackie. Sie ist in den nur zwei Wochen Fernsehkarriere in ihrer Analyse zum Zeitgeschehen über sich hinausgewachsen: »In ein paar Jahren gibt es nur noch fünf oder sechs Länder: die USA, Europa, die Vereinigten Slawischen Staaten im Osten und irgendwas in Asien, um Hongkong und Tokio rum, und vielleicht Afrika noch als Vereinigte Hungerleider; den Rest kannste vergessen. Australien lassen wir übrig für Aussteiger und Atomversuche.«

Aljoscha glaubt, sie dreht bald durch.

Liebe Oma Bach,
du mußt dir wegen Grosny keine Sorgen machen, ich bin gesund und alles. Obwohl sie mich täglich geschlagen haben. Stell dir vor, ich weiß jetzt, wie man Fernsehen macht; eigentlich so wie Radio, nur eben geschminkt. Und daß mich die Leute viel mehr bewundern. Wie du immer gesagt hast.

Meine Eltern haben mir gemeinsam (!) einen Brief geschrieben, und meine Klassenlehrerin hat mich zu einem Vortrag in die Schule eingeladen, wenn meine Zeit es erlauben würde.

Der Chef von ETN hat mich angerufen und gesülzt, ich sei der Generationswechsel. Wenn ich zwei Jahre Moskau aushalte, werde ich Stellvertreterin von Glocke! Aber das ist noch streng vertraulich! Erinnerst du dich noch an die Talkshow, die wir beide mal gesehen haben, als Brigitte Mira so ein tolles Tuch getragen hat, das sie zum 80. Geburtstag geschenkt bekommen hat von der Filmproduzentin aus Berlin, und es hätte zweitausend Mark gekostet? So eins bring ich dir mit, wenn ich das nächste Mal nach Wildungen komme. Weil: ich bin sooo glücklich, und das hab ich alles dir zu verdanken.

Du bist die beste Oma Bach der Welt, Küßchen, Deine Jackie

P. S.: An Rußland glauben, heißt, Männerpisse im Aufzug für Ambiente halten.

Das ist das letzte, was Oma Bach gelesen hat. Sie entschläft friedlich im Bad Wildungener Altenstift im gesegneten Alter von vierundachtzig Jahren.

»Wurde auch Zeit!« denkt sich Bach, als ihn die Nachricht ereilt.

»Noch so ein Glück!« freut sich Konrad von der Public Relations-Abteilung bei ETN und informiert die einschlägigen Blätter und Magazine.

Dutzende von Kollegen stürmen zur Kaffeezeit die Veranda des Bad Wildungener Stifts. Finden Frau Bach zwischen Blumen in der Halle aufgebahrt. Quetschen ein paar Alte um den Sarg, öffnen ihn zum Schrecken aller. Knipsen und filmen die Tote und die verwirrten und trauernden Alten, aber stellen keine einzige Frage zur Sache. Melden übereinstimmend, die arme Oma Bach sei in Sorge um ihren einzigen Sohn gestorben.

Und Bach selbst wird gezeigt. Das ist der verwegene Sohn, der diese unglaubliche Reportage über die Russen-Mafia gemacht hat; in ETN. Den es wieder nach Moskau zieht. Der die Gefahr nicht scheut und einen zweiten Teil machen will. Was aber das arme Mutterherz nicht verkraftet habe.

Glas TV macht darüber hinaus eine prügelnde Altenheimleiterin aus. *Dynamit* findet Kakerlaken in der Großküche des Stifts. Und die *Rundumschau* entdeckt lebensgefährliche Kirschkerne in der Schwarzwälder, worauf Frau Bach obduziert wird. Sie hatte aber keinen Kern im Schlund, sondern ist an einem ordentlichen Darmverschluß heimgegangen.

Bach gibt Dutzende von Erklärungen zu sich und seiner Mutter ab. In dieser Zeit wächst sie ihm fast ans Herz.

Bis das Testament eröffnet wird.

Seine Mutter hatte ohne sein Wissen eine viertel Million zur Seite geschafft. »Und ich mußte monatlich an das Stift zahlen!« entrüstet sich der Sohn. Zum Dank aber wird nicht er, sondern eine junge Frau als Alleinerbin eingesetzt, die Oma Bach die letzten Lebensjahre versüßt habe: Jackie Tannenbaum.

»Wie bitte?« fragt Bach nicht zum letzten Mal an diesem Tag.

Noch am selben Abend sieht er eine Reportage im Auslandsmagazin von ETN: dieses kleine Flittchen porträtiert einen erfolgreichen russischen Geschäftsmann namens Konstantin Michailowitsch Slobow. Sitzt mit dem in seinem Wohnzimmer und quatscht dumm rum. Läßt den Mann Flöte blasen, von politischer Zukunft faseln und für russische Investmentfonds werben, während sie selbst seinen Köter streichelt.

Bach ist außer sich; steht vor seinem Fernseher und brüllt das Gerät an: »Wieso macht die mein Programm? Wenn einer in ETN aus Moskau berichtet, dann bin ich das, verstanden? Und wenn tatsächlich mal ein anderer aus Moskau berichtet, bestimme ich, ob das geht, wer das darf, und überhaupt. Ist das klar? Und wie kommt die an diesen Mann? Es kann doch kein Zufall sein, daß diese Zicke gerade *den* nimmt!«

Bach und die Geschäftspartner, die Slobow vor der Ausstrahlung des Films informiert hat, bleiben übrigens die einzigen, die überhaupt bemerken, daß dies derselbe Mann ist, der noch vor kurzem auf ETN als Mafioso diffamiert worden war.

Am nächsten Morgen fliegt Leonard Bach mit der ersten Maschine nach Berlin. Schon auf dem Flugfeld ruft er im Chefzimmer an, erreicht aber niemanden. Erst um halb neun, als er mit dem Taxi an der Siegessäule vorbeifährt, nimmt endlich jemand den Hörer ab.

»Der Chef ist aber nicht da.« Vogeley verbindet ihn mit Glocke.

»Was machen Sie denn im Chefzimmer?« fragt Bach.

»Ich vertrete die Leitung«, antwortet Glocke.

»Die Telefonleitung?« provoziert Bach.

»Nein, die Geschäftsleitung«, antwortet Glocke ungerührt.

»Wo ist der Chef?«

»Am Wolfgangsee.«

»Zum Interview?«

»Nein, zum Entspannen. Er macht dort Urlaub.«

»Verarschen kann ich mich auch alleine«, antwortet Bach gereizt.

»Unser Chef ist auf dem besten Weg, in die Politik zu gehen«, berichtet Glocke. »Wir erwarten jeden Tag die Neuigkeit.«

»In die Politik? Mit zwei Bypässen?«

»Na hören Sie mal!«

»Und einer Fettleber?«

»Das gilt in diesen Kreisen als Qualifikation!«

Das Taxi hält vor der ETN-Zentrale. Bach bezahlt, steigt aus, geht auf das Gebäude zu, spricht aber weiter in sein Handy: »Wieso macht diese Tannenbaum mein Programm in Moskau? Was bitte schön qualifiziert diese kleine Göre, so einen elementar wichtigen Korrespondentenstandort zu vertreten?« Er drückt im Lift den vierzehnten Stock und fragt sich selbst, was Glocke qualifiziert, den Chef zu vertreten.

Der antwortet: »Sie ist eine Frau. Und jung. Also eine junge Frau. Das ist es.« Und weiter nach einer kurzen Pause: »Wir sollten mal miteinander über Ihre Zukunft reden, wir beide. Wenn Sie es einrichten können, kommen Sie doch mal nach Berlin ...«

In dem Moment tritt Bach mit dem Handy am Ohr durch das Vorzimmer. Nickt Alma Vogeley kurz zu und geht weiter. Öffnet die Tür zum Chefzimmer und tritt ein. »Hier bin ich, wir können das sofort tun.«

Glocke ist ehrlich verblüfft. Bach steckt sein Handy ein und fragt: »Wieso sollte ich mit Ihnen über meine Zukunft reden?«

Jetzt lacht Glocke, legt den Hörer auf und antwortet genüßlich: »Ehrlich gesagt, weil ich Ihre Zukunft bin. Ich vertrete nicht nur den Chef, sondern ich werde Ihr neuer Chef. Und Sie haben das Glück, als einer der ersten davon zu erfahren.«

Das kann nicht wahr sein, hofft Bach, während er sich vor Glokkes neuen Schreibtisch setzt. »Wer hat Sie dazu gemacht?«

»Die Hausbank.«

Frau Vogeley macht große Ohren, weil Bach die Tür nicht geschlossen hat. Glocke erklärt weiter: »ETN ist augenblicklich nicht ganz flüssig. Ich bin aus einer einflußreichen katholischen Familie. Im Zuge meiner Berufung kauft die Vatikanbank sieben Prozent Anteile an diesem Laden.«

»Das ist ein Witz?« hofft Bach und hält es doch für möglich. Alles ist möglich geworden.

»Dafür mache ich das Programm ein bißchen katholischer«, kichert Glocke.

»Wie geht das?«

»Gummis raus, Glocken rein!« Nun lacht er sich dumm über seinen Kalauer.

Alma schickt die Nachricht, Glocke sei zum Chef berufen, per E-Mail an alle raus.

Der neue Chef setzt Bach zu: »Ich würde Sie gerne loswerden. Sie gehören nicht mehr zu dem Typ Reporter, den wir auf dem Bildschirm präsentieren wollen.«

Bach schüttelt verwirrt den Kopf. Seine Stimme überschlägt sich: »Gestern noch war ich hier der Quotenkönig! Haben Sie das etwa vergessen?«

»Was kratzt mich die Quote von gestern, Mann. Heute sitze ich hier auf diesem Stuhl, und ich will neue Leute sehen. Meine Leute! Ihre Abfindung ist mir auch zu teuer. Deshalb biete ich Ihnen Kanada an.«

»Wie bitte?«

Die ersten Kollegen kommen leise durch den Flur; bleiben in Almas Zimmer stehen und lauschen mit.

»Sie werden Sonderkorrespondent für ETN in Kanada«, sagt Glocke.

Bach ist entsetzt: »Da passiert doch gar nichts! Wann bringen wir mal was aus Kanada?«

»Das ist ja der Punkt. Sie gehen nach Kanada und legen Ihre

Füße hoch. Kassieren Ihre zwanzigtausend weiter, und wir alle haben unsere Ruhe.«

Die Kollegen machen staunende Grimassen. Zwanzigtausend, so so! Immer mehr werden es, die sich in Almas Zimmer versammeln.

»Nein«, antwortet Bach ohne Zögern. »Das tu ich nicht. Ich bin nicht Journalist geworden, um Geld zu verdienen und meine Ruhe zu haben.«

»Wozu dann?« fragt Glocke.

»Ich habe immer davon geträumt, Kontrolleur zu sein.«

»Dann gehen Sie doch zur BVG!« brüllt sein neuer Chef erneut vor Lachen. Die andern stehen hinter der Tür und halten sich die Hand auf den Mund, um nicht laut mitzulachen.

Bach springt auf: »Eine Demokratie braucht mündige Bürger!« Er läuft gestikulierend im Chefzimmer umher. »Die Leute müssen doch wissen, was geschieht. Dazu sind doch die Nachrichten da.«

Er stellt sich vor Glocke und droht mit den Fäusten: »Die Leute müssen *verstehen*, was in der Politik und der Wirtschaft vor sich geht, sonst ist unsere Demokratie *am Arsch*!« Diese wunderbaren letzten Worte kommen sehr deutlich, langsam und laut. So muß Goethe *Mehr Licht* gerufen haben, bevor es mit ihm aus war. Bach weiß, wie stolz jetzt Hella auf ihn wäre, und wiederholt zu ihren Ehren: »Am Arsch!«, bevor er hinzufügt: »Von so was haben Sie doch nicht den blassesten Schimmer, Sie ... , Sie Milchbubi!«

Nun klatschen ihm die Kollegen aus dem Nebenzimmer Beifall. Johlen und rufen, schieben die Tür auf, damit Bach und Glocke im Bilde sind.

Ein junger Mann, den keiner kennt, sagt noch: »Darüber könnte ich ja meinen Praktikumsbericht schreiben«, dann gehen die Kollegen zurück in ihre Büros. Nur der Praktikant bleibt stehen.

Glocke entscheidet unbeeindruckt: »In Moskau bleiben Sie nicht. Da bau ich ein neues Gesicht auf. Fliegen Sie ein letztes Mal rüber und packen Sie Ihre Sachen. Außerdem ist das ein schreckliches Pflaster. Krankenhäuser, Mafia und so. Alles viel zu gefährlich für Sie. Habe ja jetzt als Vorgesetzter eine Fürsorgepflicht, oder wie das heißt.« Dabei quiekt er vor Lachen. »Danach machen Sie Urlaub, und ab Oktober sind Sie in Magdeburg, blühende Landschaften aufbauen. Einen anderen Posten habe ich nicht anzubieten. Das ist mein letztes Wort.«

Bach glaubt, nicht recht gehört zu haben: »Magde ... was? Ich bin ... so lange schon bei ETN ... mein Marktwert ... gehöre nach Paris, London, Washington, aber doch nicht nach ..., wohin?«

Glocke nimmt sich Marshmellows aus seiner Schublade und fängt an zu lutschen: »Sie gehen nach Magdeburg, oder Sie können kündigen. Guten Tag, Herr Bach.«

Alma führt Leonard heraus und schließt die Tür. Er hält sich die linke Brust vor Schmerzen und stöhnt: »Mit vierundfünfzig Jahren und zwanzigtausend im Monat kann ich nicht kündigen. Unmöglich.«

Der Praktikant bleibt im Chefzimmer stehen.

Glocke lächelt ihn an: »Na? Wie heißt denn dieser schöne, schlaue Junge?«

»Hektor, und ich bin schon achtzehn. Wegen Belgien, mein ich.«

13

»Slobow Präsident? Der Vereinigten Slawischen Staaten?« staunt General Kabantschik.

Barjuschin hat ihn gebeten, in die *Lubjanka* zu kommen. Auch wenn es nicht mehr der KGB ist, der ihn einbestellt, sondern das harmloser klingende FSB, wird der General noch immer Respekt haben vor dem berüchtigten roten Bau, um den jeder Moskauer bis heute einen Bogen macht. Dserschinskij, der erste Leiter der politischen Polizei der Sowjetunion, der brutalen Tscheka, war einer der wenigen, den die Russen vom Denkmal gerissen haben. Der Sockel steht noch auf dem Platz vor dem Haus, und Feliks Edmundowitsch wartet liegend hinter der staatlichen Kunstgalerie am Krymskij Val auf seine Auferstehung.

Noch ist der General guter Dinge. Er sieht sich in diesem Haus schon als Anführer der Kommission gegen die organisierte Kriminalität agieren. Und rechnet damit, daß Barjuschin ihm heute das weitere Vorgehen diesbezüglich erläutert. Der wiederum hält sich buchstabengetreu an die Weisung der FSB-Führung, diesem Traumtänzer die Richtung zu zeigen. Material, das Kabantschik schwer kompromittiert, wird Barjuschin für diesen Tag bereitgestellt. Als er es sieht, kann er kaum schlafen vor Freude auf diesen Moment.

Zuerst zeigt er dem General Jackie Tannenbaums Reportage. Der General ist mit Barjuschins Vermittlungen in Sachen Slobow zufrieden: »Schön und gut, dessen Ehre hast du prima wiederhergestellt. Fast zu gut! Und wieso wurde der von einem saftigen Rock interviewt und ich von einem alten Bock? Weshalb darf der so lange im Fernsehen reden und ich nur ein paar Minuten?«

»Leonard Bach ist nicht in Moskau«, sagt Barjuschin. »Er zieht durch Europa und erzählt in Talkshows die Geschichte vom tapferen General Kabantschik, der die russische Mafia zerschlagen kann. Dieses junge Pflänzchen vertritt ihn hier.«

»So ein schönes Kind! Und schon Reporterin«, leckt sich der

fette General die Lippen. »Und wann können unsere beiden Kinder ...« *Wohnungen* sagt er nicht, denn er weiß sich in verwanzten Räumen zu benehmen.

Wortlos legt Barjuschin eine zweite Kassette auf den Tisch. Kabantschik sieht sie an, fragt: »Ja und?«

»Das hier ist bedauerlicherweise nicht günstig für Sie.«

»Nicht günstig?« erschrickt Kabantschik.

Barjuschin legt sie ein und startet den Player. »Slobow war gerade dabei, diese Sache dem Fernsehen zuzuspielen«, lügt er. Und fügt mit gerunzelter Stirn hinzu: »Dem *russischen* Fernsehen! Ich konnte das in letzter Minute verhindern.«

Die erste Szene zeigt einen korpulenten Mann mit Halbglatze, der in Sommerhemd und kurzer Hose unter einem rotblühenden Hibiskusstrauch sitzt. Ein anderer Mann kommt hinzu; schlanker und jünger. Setzt sich neben dem General so ins Bild, als wüßte er, wo die laufende Kamera positioniert ist. Übergibt mit überdeutlicher Geste einen Briefumschlag. Der Dicke fühlt sich unbeobachtet; er zählt ungeniert einen ganzen Packen Scheine ab, Dollarscheine! Und steckt sie anschließend in die Gesäßtasche seiner Sommershorts.

»Aber das ist ... «, verschlägt es Kabantschik die Sprache.

Das Bild bricht ab, der Monitor ist für Sekunden schwarz, und der General schnappt nach Luft.

Es folgt eine zweite Szene. Der dicke General sieht sich nackt auf einem Doppelbett krabbeln. Trägt nicht mehr als das Koppel um den Bauch. Tut das ein oder andere Unaussprechliche mit zwei blutjungen Mädchen und einem zypriotischen Zicklein.

»*Schto ta koi, tschorti schto*!« flucht Kabantschik. »Wer hat das gefilmt?« fragt er. »Wie kann man so was filmen? Ich habe nichts, *nichts* entdecken können in den Räumen. Habe die Wände und die Decken immer wieder abgesucht. Das *können* die nicht gefilmt haben!«

Barjuschin antwortet: »Die Kamera hat an der Decke gehangen, man sieht alles von oben. Das ganze Zimmer in einer einzigen Einstellung; im Weitwinkel. Ohne Schwenk.«

Kabantschik jammert verzweifelt: »Das kann nicht sein, ich habe jeden Tag nachgeschaut, jeden Tag zweimal!«

Barjuschin tut, als wüßte er es nicht genau: »Ich habe mal von phantastisch kleinen Kameras gehört, sogenannte Faserkameras. Das Objektiv hat einen Durchmesser von nur 1,5 mm. Man muß nur ein Loch in die Wand bohren, und filmt damit das ganze Zimmer mit extremem Weitwinkel. Und natürlich kann es nicht schwenken. Wie hier!«

»Diese Weiber drängen sich einem auf im dekadenten Westen«, versucht der General sich zu rechtfertigen.

»Das wird Ihre Frau nicht glauben.« Barjuschin genießt die Situation. »Erst recht nicht, wenn diese Szenen in allen russischen Wohnzimmern gezeigt werden. Ihr Name wird genannt. Und alle Nachbarinnen sehen zu! Wer wird Ihre Frau noch respektvoll grüßen?«

Kabantschik wird leichenblaß.

Barjuschin setzt noch eins drauf: »Welcher Freier sollte sich da noch für Ihre Töchter finden? Mit diesem Ferkel von Schwiegervater!«

Der General haucht verzweifelt: »Und nun?«

Sergej Petrowitsch Barjuschin steht auf. Stellt sich hinter seinen Schreibtisch und verkündet: »Wir werden beide auf gewisse Annehmlichkeiten hinter der Lumumba-Universität verzichten müssen. Ich kann nicht mit ansehen, wie ein verdienter General unserer stolzen Armee in den Schmutz gezogen wird.«

Kabantschiks Augen werden feucht.

»Ich rate Ihnen dringend, sich vom Berufsleben zurückzuziehen.«

»Gewiß, gewiß«, stammelt Kabantschik.

»Außerdem sollten Sie von Belästigungen der Leute absehen, die sicher Kopien dieser Szenen aufbewahren.«

»Natürlich. Selbstverständlich.«

Ohne ein weiteres Wort steht Kabantschik auf und verläßt das Zimmer. Schleicht sich durch die langen Gänge und rechnet bei jeder Tür, die sich öffnet, mit einer Festnahme.

Sein Fahrer wartet nicht mehr vor der *Lubjanka*. Er winkt sich ein Taxi und läßt sich in die Akademie fahren. Sein Büro ist versiegelt, man läßt ihn nicht mal die persönlichen Dinge holen. Zu Hause wird ihm die Order zugestellt, innerhalb von zwei Wochen die Dienstwohnung zu räumen.

General a. D. Oleg Maximowitsch Kabantschik steht am Abend auf seinem Balkon und schaut sich ein Feuerwerk an. Fragt sich bange, wie er seiner Frau und den Töchtern erklären soll, daß man ihnen eine Zwei-Zimmer-Wohnung am Rande der Stadt zugeteilt hat, mit Blick auf ein Kraftwerk.

Das Feuerwerk, daß Kabantschik sieht, wird an vielen Stellen der Stadt gleichzeitig abgefackelt. Einige Male geschieht das im Jahr, immer zu Ehren irgendwelcher Werktätigen. Für die Soldaten, für die Feuerwehrmänner, die Ärzte oder zu Ehren der Frauen.

Um zehn Uhr abends leuchtet der Moskauer Nachthimmel. Die Explosionen sind gewaltig. Nach jeder Schallwelle schlagen Hunderte von Autoalarmanlagen an, die, seit es sie zu kaufen gibt, wie die schwarze Pest das Land verseuchen. Jede Schrottkarre bildet sich ein, es wert zu sein, geklaut zu werden.

Aljoscha hat die Hühner geschlachtet und seine Babuschka nach Hause geholt. Sie geht ihren letzten Weg.

Er sitzt neben ihrem Bett, hält zärtlich ihre alte Hand und erzählt von *Mamutschka*; *Papitschka* und *Deduschka*, die in der Ewigkeit bereits auf sie warten. Dabei laufen ihm die Tränen über die Wangen.

In diesem Chaos von Feuerwerk und Autoalarm stirbt Aljoschas Babuschka.

Er schließt ihr die Augen. Dann verhängt er alle Spiegel mit schwarzen Tüchern. Neun Tage sollen sie verdeckt bleiben. So lange, wie sich ihr Geist in der Wohnung aufhält. Schaut er jetzt in den Spiegel, macht er sich unglücklich, weil die böse Energie der Toten sich auf ihn überträgt.

Aljoscha schließt die Fenster, weil Babuschkas Geist verschwinden könnte, um sich fortan in der Nachbarschaft herumzutreiben.

Er sollte sogar neun Tage lang nicht fernsehen, keine lauten Gespräche führen und nicht lachen. Aber daran hält er sich nicht, er muß schließlich arbeiten.

Aljoscha informiert gleich am nächsten Morgen den Leichenwagen, der die Babuschka erst am späten Nachmittag abholt, zwanzig Stunden nach ihrem Tod. Sie riecht bereits.

In Moskau sind nur eine Handvoll Leichenwagen unterwegs. Es sind keine edlen Karossen, sondern geschlossene Lieferwagen. Die Toten eines ganzen Stadtteils werden von ihnen gesammelt, die Körper in Plastiksäcke gesteckt und übereinandergelegt. In dreckigen Hallen ungekühlt ein zweites Mal gestapelt und vergessen, bis sie endlich nach Tagen oder gar Wochen unter die Erde kommen.

Aljoscha bezahlt viel Geld für eine würdige und schnelle Abwicklung und bekommt schon nach zwei Tagen ein Grab.

Babuschka trägt ihr schönstes Kleid und weiße Schlappen; das hatte sie schon lange für diesen Moment bereitgelegt.

Sie hält eine brennende Kerze in ihren für immer geschlossenen Händen, ihre alten Freundinnen streicheln und küssen sie zum Lebewohl. Hella, Ivan und Pjotr sind bei der Beerdigung dabei. Aljoscha bläst die Kerze aus, er wird sie für immer verwahren. Der Sarg wird geschlossen und Babuschka begraben.

Beim Leichenschmaus trinkt er mit den anderen so viel Wodka, bis alle den Anlaß dieses Besäufnisses vergessen haben. Das wird er am neunten Tag nach ihrem Tod wiederholen, und am vierzigsten Tag noch einmal.

Aljoscha ist nun vollkommen allein. Kein Bruder, keine Schwester, keine Eltern mehr. Bloß drei Frauen, die ihn nicht wollen.

Wenn er an die deutsche Dürre denkt, wird ihm übel. Sie ist so kalt wie die Tundra im Dezember. Es wird Zeit, daß er sein Leben ändert, nimmt er sich vor. Wie schon so oft.

Pjotr hält an einer Straßenkreuzung, um das Feuerwerk zu sehen. Unglücklicherweise hat er dabei den Motor seines Autos abgestellt. Es sollte das letzte Mal sein: In dieser Nacht beendet auch der gute *Schiguli* sein Motorleben. Aljoscha und Pjotr haben sich später oft darüber unterhalten und Zusammenhängen nachgespürt. Die Atmosphäre in dieser Nacht war tödlich!

Da Pjotr bei ETN gutes Geld verdient, hat er schon zwei Tage später ein neues Auto ausgemacht. Das muß nun angemeldet werden.

Das erste, was er zu diesem Zweck macht, ist Brote schmieren, Tee kochen und Haselnüsse kaufen, als Nervennahrung! Er sucht ein Amt im Westen der Stadt auf und stellt sich an, danach findet er das nächste im Osten, fünfzig Kilometer weiter. Dort hat man ihn weiter in den Norden geschickt. Überall findet er Leute wie er selbst, die sich in Schlangen drängeln und Haselnüsse kauen.

Es gibt keine Regel, wer wann welches Dokument braucht und wo vorzulegen hat. Nur ein Gesetz ist für alle verbindlich: Leg fünfhundert Dollar auf den Tisch, und alles ist erledigt. In einer Stunde hast du ein Nummernschild am Auto.

Wage nicht, wie der arme Pjotr, nur hundert Dollar anzubieten. Der Polizist straft ihn mit Verachtung: »Der Sehtest ist zu alt. Leg einen gültigen Sehtest vor.« Liegt der vor, schikaniert er weiter: »Das Auto ist aus Weißrußland importiert, aber der Einreisestempel fehlt.« Ein Zöllner in Smolensk hat ihm nicht auf alle acht Zettel gestempelt, sondern nur auf sieben. Was tut Pjotr? Fährt vierhundert Kilometer nach Smolensk an die Grenze zu Weißrußland, reist aus, reist wieder ein. Kriegt den Stempel. Ist wieder da.

Der Stempel ist weißrussisch. Natürlich können die Russen das lesen. Es gibt nur geringe Unterschiede zwischen russisch und weißrussisch. Aber Pjotr wird weitergequält: »Die Aufschrift des Stempels muß übersetzt und die Übersetzung notariell beglaubigt werden. Aber Sie müssen sich beeilen, sonst läuft die Gültigkeit Ihres Sehtestes ab!«

Als der Polizist dann im letzten Moment die Autoapotheke kontrolliert, dabei die Jodflasche hochhält und bemerkt, die Haltbarkeit sei schon ein Jahr abgelaufen!, und Pjotr müsse leider Gottes die ganze Prozedur von vorn beginnen ... da wird der Mann kindisch! Lacht dümmlich und singt fast: »Joho, das Jod! Hahaha. Das Jod. Natürlich. Machen wir.«

Jubelt, dem Wahnsinn nah. Stützt sich auf die Schulter eines Leidensgenossen, um nicht umzufallen oder Nüsse zu kotzen.

Da kommt ein Ausländer vorbei. Sieht Pjotr und denkt bei sich: »Sieh nur, die russische Seele, wie sie lachen kann. Die Slawen kennen noch eine Freude, die uns im westlichen Kapitalismus längst verlorengegangen ist!«

14

»Wo steckt Pjotr?« brüllt Jackie aus ihrem Büro. Seit sie aus dem Kaukasus zurückgekehrt ist, hat sie sich hinter Bachs Schreibtisch eingerichtet.

»Ewig ist der weg, verdammt. Und ich muß heute zum Empfang in die Deutsche Botschaft.«

»Pjotr meldet sein Auto an«, ruft Hella zurück.

»Das kann doch keine Woche dauern!« Aufgeregt steht sie nun im Türrahmen. »Seit Tagen schon fährt mich Aljoscha. Der hat doch was anderes zu tun, als mich rumzufahren.«

»Früher bist du doch gern mit ihm gefahren«, wundert sich Hella. »Jetzt nicht mehr?«

»Pjotr kann ich sagen, er soll auf mich warten«, antwortet Jakkie. »Der mault nicht, auch wenn er bis in die Puppen im Wagen auf mich warten muß. Aber bei Aljoscha trau ich mich nicht. Und zum Empfang mitnehmen will ich ihn auch nicht. Wie sieht denn das aus?«

»Wie sieht was aus?« Hella stellt sich ahnungslos.

»Wenn ich 'n Russen mitnehme zum Empfang«, regt sich Jackie auf.

»Wie meinst du das?« fragt Hella mit versteinertem Gesicht.

»Die Russen sind immer so ... « Jackie findet die richtigen Worte nicht, gestikuliert mit ihren dürren Armen wirr in der Luft und macht schließlich: »Pfhhh!«

Hella schweigt.

»Er tut, als gehöre ich ihm«, beklagt sich Jackie. »Beklagt sich tierisch über das Kleid, das ich heute abend anziehen will. Als hätte er da was mitzureden!«

»Hast du ein Kleid gekauft?« Wie schnell sie sich mit der Situation arrangiert hat, staunt Hella insgeheim. Bald wird Jackie Tannenbaum als Rußlandexpertin auf Vortragsreise durch deutsche Stadtsparkassen ziehen!

»Sitzt eh nur vorm Fernseher rum«, rechtfertigt sich Jackie weiter. »Im Unterhemd! Und hofft, daß ich ihm Wodka am Kiosk kaufe. Is ja wie in Wildungen das Bier aus dem Kühlschrank holen. Ne eij, nich mit mir.«

Sie will schon wieder in Bachs Zimmer gehen, kommt aber nochmal zurück und fragt: »Weißt du, wann dieser Mann vor Erregung zittert? Eine stinkteure Rose in den Händen hält und unruhig fragt, ob die Geliebte schon zu sehen ist?«

»Wann?« fragt Hella.

»Wenn er seine Babuschka auf der Datscha besucht, dann erregt sich dieser Russe. Sonst nie!«

»Aha«, antwortet Hella. »So ist das also mit euch beiden.« Dieses kalte Herz hat nicht mal mitbekommen, daß Aljoschas Babuschka gestorben ist.

Hella starrt auf ihren PC-Monitor und sagt: »Du könntest mit mir zusammen hinfahren.« Nun schaut sie Jackie in die Augen: »Wenn es dir nichts ausmacht, als Auslandskorrespondentin mit einer gewöhnlichen Büroangestellten auf den Empfang des Deutschen Botschafters zu gehen. Ich kann auch zehn Minuten nach dir rein reingehen.«

»Ne, laß mal, wir können schon zusammen gehen«, meint Jackie lakonisch.

»Danke«, sagt Hella.

Die Deutsche Botschaft liegt ein paar Kilometer außerhalb der Innenstadt. Ihre Fassade ist im wahrsten Sinn des Wortes eine Botschaft an die russische Bevölkerung: »Bleibt uns vom Leibe» schreien die roten hohen Mauern, ohne ein einziges Fenster, aber mit laufenden Videokameras zur Straße. Weshalb der Gebäudekomplex von deutschen Ortskundigen *Stammheim de luxe* genannt wird.

Die Isolation bedrückt die Insassen samt Frau und Kindern sehr stark. Aber noch mehr fürchten viele die unbekannte, feindlich wirkende Außenwelt. Man munkelt, es gäbe einen Wettbewerb, wer es am längsten im *compound* aushält, ohne einen

Schritt russisches Hoheitsgebiet zu betreten. Der Rekord soll bei acht Monaten liegen. Das ist gar nicht so schwer: Die Lebensmittel werden aus deutschen Landen geliefert, das Brot beim botschaftseigenen Bäcker gebacken und sogar die Weihnachtstanne ist aus dem Schwarzwald importiert. Ein Umzugsunternehmen bringt deutschen Diplomaten deutsche Weihnachtsbäume nach Moskau! Immerhin: in einer Zeit, in der sie in der Heimat Milliardenlöcher zu stopfen versuchen.

Jackie macht sich sofort über das Büfett her, und Hella verschlägt es in eine Runde achtbarer Damen, die als mitreisende Ehefrauen ihren Diplomatengatten zur Seite stehen. Das Auswärtige Amt versorgt sie mit bestem Geschirr und Aufwandsentschädigungen für die mühsame Qual, Gastgeberin im deutschen Interesse zu sein.

Gräfin Ella von Wasserbronn hütet streng ihr Geheimnis, vor der Heirat mit Graf Gregor die Realschule kaum geschafft und dann eine ABM-Stelle im städtischen Hallenbad Eschwege gehabt zu haben. An diesem Abend jammert sie in ihrem Sessel: »Französisch habe ich gern gelernt. Aber Russisch ist eine *so* schwere Sprache, niemals werde ich so was lernen. Nie!«

Gerlinde Häberling, deren Gatte sowohl Militärattaché als auch Kassenwart des Festkomitees der Wassergymnastikgruppe ist, fügt hinzu: »Wenn Russen sprechen, kann ich kein einziges Wort heraushören. Das raunt, grunzt und wütet, das ist als Sprache kaum zu erkennen!«

Hella verfügt in Gegenwart solcher Damen leider nur über zwei Aggregatzustände: entweder es geht, und sie benimmt sich. Oder es geht nicht, und sie benimmt sich nicht. Gerade eben spürt sie, wie es nicht geht. Wenn sie doch nur die Kraft hätte, sich aus dieser Runde zu verabschieden. Aber wie Blei klebt sie im Sessel und legt sich die bösen Worte zurecht.

Frau Wächtersbach, die das Kulturkränzchen jährlich zum Weihnachtsbasar mit hinreißenden, selbst entworfenen Seidenmaltüchern versorgt, stimmt mit ein: »Deutsch klingt dagegen geradezu kuschelig, nicht wahr?«

Hella antwortet: »Wir sind natürlich alle im Deutschen zu Hause. Allein deshalb lieben wir deutsch. Eben weil wir es sprechen können.«

»Ja, genau«, stimmen die Damen ein.

»Nun spreche ich gezwungenermaßen russisch, wie Sie wissen.«

Die Gattinnen bedauern sie still. Hat keinen Mann, muß was tun, die arme Frau.

»Auch ich werde im Russischen nie so zu Hause sein wie im Deutschen.«

»Ja, sicher«, stimmen ihr die Damen zu.

Hella spricht so einfühlend, verständnisvoll und weichherzig zu ihnen wie die Missionarin einer gefährlichen Sekte: »Es gibt wunderbare deutsche Worte, für die ich nichts Gleichwertiges im Russischen finde. Ich habe zum Beispiel noch nie von einem russischen Wort gehört, das dem schönen deutschen Wort *Schnepfe* entspricht. Im Deutschen geht das so geschmeidig von der Zunge, aber im Russischen muß ich rätseln.«

»Ach!« sagen die Damen.

»Auch ist mir *Zimtzicke* nicht geläufig. Ich habe sogar mal einen Slawisten aus Luxemburg konsultiert. Nichts. Kein noch so schönes russisches Wort kommt da ran.«

»Nein?« staunen die Damen.

Hella beugt sich tief in die Runde. Die Damen beugen sich mit. Hella raunt leise und vertraut: »*Pissnelke*. Nichts.«

»Oh«, machen die Damen.

Dann endlich steht sie auf. Der Kreis der zusammengesteckten Köpfe öffnet sich wie eine Tulpe. Hella stehend: »Allerdings ...«, nun grinst sie, »bei *Gänse, Puten* oder *Hühner* gibt es wieder was. Schönen Abend noch«, verabschiedet sich Hella und geht.

Jackie kommt neben der etwa sechzigjährigen Frau eines Repräsentanten der deutschen Wirtschaft zu sitzen, kennt sie natürlich nicht und ringt verzweifelt nach einem Thema, über das man mit ihr reden könnte. Endlich fällt ihr etwas ein: »Nun, eh, und Sie, was machen Sie in Moskau?«

Die Dame fixiert Jackie mit ihren grünen Augen und giftet sie an: »Wie? Machen?«

Jackie denkt: »O Gott, ich wollte doch nur irgendwas fragen, was hat sie denn nur?«

»Also«, würgt sie kleinlaut, »ich meine ... eh ... arbeiten! Was arbeiten Sie hier?«

»Arbeiten?« faucht die Alte, richtet ihren ausgestreckten Arm auf einen Herrn, der an der Bar steht und antwortet auf die Frage, was sie hier arbeite: »Das ist mein Mann!«

Ein Fotoagenturkollege ist inzwischen beim dritten Gin-Tonic und belabert den Repräsentanten einer Bank, der die einzig vernünftige Frau an seiner Seite hat: nicht doof, nicht dumm, nicht häßlich, nicht aufgetakelt. Bestimmt, aber nicht laut.

»Woher ham sie so eine Frau?« fragt er mit bereits schwerer Zunge. Worauf der Bänker mit der ihm eigenen Contenance freundlich lächelnd antwortet: »Ich habe das Haus meiner Eltern verpfändet und diese Frau aus dem Harem eines Usbeken freigekauft.«

»Ach. Wie interessant«, lallt er. Geht weiter und fragt sich: ›Wollte der mich jetzt verarschen oder was?‹

Hella holt sich ein Glas Sekt an der Bar, nippt genüßlich daran und wird ungewollt Zeugin dessen, was ein leitender Angestellter einer Fluglinie zur Asyldebatte zum besten gibt. Daß ihm keiner über den Korridor Moskau ins eigene Land gelangt: »Die haben Einreisevisa bei sich, die sehen aus wie selbstgemalt! Wie mit Buntstiften nachgezogen! Wissen Sie, was wir mit so einem machen, wenn er uns unterkommt? Da nehmen wir einen dicken schwarzen Stift und ...« Jetzt macht der Mann eine Handbewegung, die zeigt, wie er scheinbar eigenhändig in den Pässen der Asylsuchenden die Kreuze malt. »Ritsch-ratsch – schon ist sein Visa ungültig. Soll er mal sehen, wo er bleibt.«

Seine kleine Runde lacht vergnügt.

Hella spricht ihn von der Seite an: »Wie kommen Sie dazu, in fremder Leute Pässe herumzumalen?« Er sieht sie böse an, aber

Hella läßt heute abend nichts mehr durchgehen: »Sie sind doch keine Behörde, sondern bloß Fahrkartenverkäufer! Dazu haben Sie überhaupt kein Recht.«

Der Kreis um den Mann starrt sie feindlich an. Alle schweigen. Hella verdirbt es sich jetzt ganz und droht: »Soll ich das mal dem Kollegen vom *Spiegel* stecken, der bringt Sie groß raus mit der Geschichte, unter Personalien!« Dann dreht sie allen den Rücken zu. Und hört noch von weitem, wie sie raunen und schimpfen über die Impertinenz dieser Pressefritzen samt ihrer Tipsen, die sich durch jeden Empfang fressen.

Er ist mit der letzten Maschine gekommen und hat sich ein Taxi genommen. Nun steht er in der Tür.

Der Pressesprecher der Botschaft bemerkt Bach als erster. Geht mit offenen Armen auf ihn zu: »Leonard Bach«, gibt er sich erfreut. »Was für eine Überraschung! Wunderbar, Sie hier noch begrüßen zu dürfen.« Er reicht ihm die eine Hand und legt heute sogar die andere darüber.

»Ich bin nicht passend gekleidet«, sagt Bach, ohne daß ihm das jedoch etwas ausgemacht hätte. »Aber ich komme gerade vom Flughafen. Habe wieder *zwei* Stunden vor der Paßkontrolle warten müssen. Zum Kotzen, das alles. Da solltet ihr euch von der Botschaft mal drum kümmern, statt ewig herumzustehen und Champagner zu kippen, den ich mitbezahlt habe. Aber ihr reist ja mit euern Diplomatenpässen und schert euch den Teufel um das, was gewöhnliche Deutsche in Scheremetjewo durchmachen müssen. Haben Sie unsere Hella gesehen? Ich muß sie dringend sprechen.«

Der Sprecher ignoriert solche Beschimpfungen und antwortet: »Der Kulturattaché hat sich nach Ihnen erkundigt. Kommen Sie, er brennt darauf, Sie begrüßen zu dürfen.« Er zieht ihn mit. Zwinkert dem Kollegen kurz zu, und sagt: »Hier ist er, Herr Doktor. Hier ist er doch noch. Eben vom Flughafen gekommen.«

Der promovierte Botschaftsrat begrüßt Bach mit einem verbindlichen ›Sie könnten-ja-mal-Intendant-werden-Händedruck‹. Dann setzt er eine Schleimspur, bei der jede Nacktschnecke neidisch würde: »Verehrter Leonard Bach. Ich habe durch die Presseberichte daheim von Ihrem Mut erfahren dürfen. Sie haben sich durch Ihre Berichterstattung über die Russen-Mafia verdient gemacht.«

Bach lächelt: »Danke. Es war wahrhaftig ein gutes Stück Arbeit.«

»Aber ich sorge mich um Ihre Sicherheit. Diese Leute könnten Ihnen etwas antun!«

»Sie haben recht«, antwortet Bach. Er schaut dem Kulturattaché nicht in die Augen, sondern sucht den Saal ab. »Ich werde gleich morgen vormittag mit dem Botschafter reden. Wir müssen uns darüber verständigen, was zu tun ist.«

Sobald Bach den beiden den Rücken zuwendet und in der Tür verschwindet, reinigen die ihre Seele.

»Eine Pest sind sie«, sagt der eine.

»Machen sich wer-weiß-wie wichtig«, meint der andere.

»Der bildet sich ein, wir stellen ihm einen Bodyguard!«

»Was ist dieser Bach ohne seine drei Buchstaben ETN?«

»Ein Nichts.«

»Eben. Gestrichen von unserer Gästeliste.«

Gern hätten die beiden gelacht wie die alten Männer auf dem Balkon der Muppet-Show, aber die Haltung, für die sie teuer bezahlt werden, verbietet dies.

Bach hat Hella entdeckt: »Was«, zischt er sie von hinten an, »hat das Mädchen in meinem Programm zu suchen?«

Sie dreht sich überrascht um. »Wie kommst *du* denn hierher?«

Freut sich gar. Aber er stochert mit seinem rechten Zeigefinger an ihrem Oberkörper herum. Piekt sie bei jedem Wort, das er zischt: »Das kann sie unmöglich allein geschafft haben. Das habt ihr gemacht, Aljoscha *und* du.« Bei *du* stupst er Hella fast. Aus ihrem Glas kleckert Sekt.

»Leonard«, warnt sie ihn, »ich habe es nur gut gemeint.« Aber er vergißt sich: »Du bist doch genau so eine verlogene Schlampe wie jede andere auch.«

Sie schüttet ihm nicht mal den Sekt ins Gesicht. Geht, bevor beide vor aller Augen laut werden, vor die Tür und versteckt sich hinter den Eisenklötzen, die als Kunst am Bau vor sich hinrosten. Als wenn es in Rußland nicht schon genug Rost gäbe!

Leonard Bach drängt sich durch die plaudernde Menschenmasse und will hinter Hella her. Da läuft er ausgerechnet in Jackies Rücken. Vollkommen nackt ist sie hinten, ihr Kleid nur vorn ein Kleid, sie hat hinten nichts bis kurz vor die Ritze am Po.

»Was denn, wieder im Lande?« fragt sie von oben herab.

»Wir sprechen uns noch«, antwortet Bach und verschwindet.

»Weißt du, was das für einer ist?« fragt Jackie einen deutschen Werbefritzen, der gerade für Wella Reklame in Moskau macht: »Der putzt sich mittags nicht die Zähne. Aber nicht, weil er ein Ferkel wär. Sondern, weil er sich täglich vorsagt: ›Morgens Aronal, abends Elmex.‹ Er putzt mittags nicht, weil er nicht weiß, mit was!«

»Verstehe«, antwortet er. »Wie ist es eigentlich mit dir? Spülst du vor oder niest du nach?«

»Ich huste ab«, antwortet Jackie ohne Zögern.

»Ah ja«, sagt er.

Bach hat Hella hinter den Klötzen entdeckt. Bevor er wieder auf sie lospicken kann, sagt sie scharf: »Leonard! Jackie und Aljoscha sind dir auf die Schliche gekommen. Nicht nur das mit der Schießerei bei MOSFILM, sondern auf alles. Wir wissen, daß du Slobow bei TV Tokio abgegriffen hast!«

Bach stellt sich dumm: »Welchen Slobow?« Aber sieht in Hellas Augen, daß er keine gute Karte mehr hält. Also preßt er die Lippen aufeinander und schweigt.

»Das Kind war drauf und dran, in ihrem Radio zu erzählen, daß du betrogen hast. Mir blieb keine andere Wahl: Aljoscha, Ivan und ich haben Jackie eine Karriere gebastelt, damit sie auf andere Gedanken kommt!«

Bach schaut Hella weder dankbar noch erleichtert an. Fragt nur: »Und weshalb heulste jetzt?«

»Weil ich Heimweh nach Moskau habe«, antwortet sie.

»Wieso denn? Stehst doch mittendrin.«

»Aber nicht mehr lange.«

»Du gehst *auch* aus Moskau weg?« fragt er ehrlich erstaunt.

»Ja.«

»Wohin?«

»Nach Kapstadt.«

»Afrika? Das ist ja vom Regen in die Traufe!«

Hella kontert: »Welches Bundesland hat überhaupt Magdeburg zur Hauptstadt?«

»Woher weißt *du* das schon?«

»Alma Vogeley hat mir alles gefaxt.«

»Und weißt du auch, wen sie hier in Moskau zu meinem Nachfolger machen wollen?«

»Quäl dich nicht. Vergiß es einfach.«

Aber Bach jammert weiter: »Und meine letzten Auftritte in Talkshows wurden abgesagt, weil eine Frau auf Rügen Sechslinge geboren hat. Plötzlich will jeder nur noch was von Sechslingen hören. Ich bin seitdem völlig unwichtig.«

So stehen sie draußen an den Kunstrost gelehnt, im warmen Moskauer Sommer. Hella liebt diese Luft, in der nackte Hexen durch den Himmel fliegen, auf dem Weg zum Ball des Teufels. Sie hätte diesen Gedanken gern mit Leonard geteilt, aber der hat Bulgakow nie gelesen. Er hat Moskau nie begriffen.

»Ich habe Heimweh«, gesteht er ihr. »Die letzten Wochen im Westen waren so schön. Ich sehne mich, das kannst du dir nicht vorstellen!«

»Wonach sehnst du dich?«

»Ich will, daß meine Tankstelle einen Namen hat. Gelb ist oder blau. Ich will Menschen, die mich anlächeln. Im Geschäft, auf der Bank, bei der Polizei. Sie sollen mich endlich wieder angrinsen, auch wenn's verlogen ist.

Ich will wissen, wie es Mutter Beimer geht. Benny soll tot sein; keiner hat mir was gesagt. Ich war so lange fort.

Kienzle und Hauser schreiben gemeinsam Bestseller. Was ist

denn da passiert? Namen fallen, von denen habe ich noch nie gehört. Wer ist Bärbel Schäfer oder der bunte Mensch aus der Toyota-Werbung? Ich verstehe die Witze daheim nicht mehr.

Letztes Jahr wäre ich für fünfundzwanzig Jahre unfallfreies Fahren ausgezeichnet worden. Fünfundzwanzig Jahre! Aber ich war nicht da. Die Versicherung sagt, solange ich in Rußland bin, zählt das nicht. Die tun so, als sei ich quasi tot, solange ich im Osten bin.«

»Ich hätte dich gerne gern gehabt«, versucht es Hella ein letztes Mal.

»Fünfundzwanzig Jahre!« empört Leonard Bach sich weiter.

Sie gibt auf. Dem ist nicht zu helfen.

Auf dem Rückflug sitzt er in der Business Class, hat gerade sein Steak hinter sich und hört in die Kassette rein, die Hella ihm zum Abschied geschenkt hat. Das *Trio Woronesch* spielt traditionelle russische Volksmusik. Elegant und verspielt; ironisch, dann wieder pathetisch. Hella ist überzeugt, die drei hätten eine Weltkarriere verdient. Selbst Bach lächelt, als er sie hört.

»Das klingt wie Erdbeerpudding«, denkt er und notiert es. Und schreibt weiter von Bergen und Dörfern fernab der Hauptstadt. Von Wiesen und Kirchen so grün und weiß, wie man sich's schöner kaum vorstellen kann. Von Frauen in fröhlichen Kittelschürzen und weißen Kopftüchern, die weit sichtbar auf den Kartoffeläckern wehen. Er schreibt von Festen und Bräuchen, Glauben und Aberglauben, erzählt von der wunderbaren Weite des Landes. Von alten zahnlosen Greisen, die lachend das selbstgebrannte Wässerchen kippen. Von jungen Mädchen mit langen Zöpfen, die mit dicken Waden und in roten Stiefeln über Pfützen tanzen und von lustigen Männern, die dazu mit Balalaikas aufspielen. Von Kindern, eingezwängt in putzige Fellmäntelchen, die Schneeberge herunterkullern.

Leonard Bach schreibt von der großen russischen Kultur, den großen Künstlern, den großen Musikern, dem großen Land, der unendlichen Weite Rußlands. Und alles in allem von der russischen Seele, die ihm ganze viele Jahre Heimat gewesen ist.

Er legt den Kugelschreiber beiseite, rückt sein Kissen zurecht und sagt sich leise: »Alles in allem war es doch schön in Rußland. Ich sollte ein Buch darüber schreiben!« Und schläft über diesem Gedanken friedlich ein.